Véronique Gallo

Née le 27 octobre 1976, Véronique Gallo est humoriste, comédienne, auteure et créatrice de la série *Vie de mère* sur YouTube et sur Téva. Après trois one-woman-shows – *On ne me l'avait pas dit* (2008), *Mes nuits sans Robert* (2010), *Tout doit sortir* (2013) –, un roman, *Tout ce silence* (2012), et une pièce de théâtre, *Chacun sa place* (2015), elle s'illustre également dans *The One Mother Show-Vie de mère* (2017), reprise de sa série, et poursuit son travail sur scène et en vidéo avec *Femme de vie* (2021). Ses deux derniers romans, *Pour quand tu seras grande* (2020) et *L'Entropie des sentiments* (2021), sont tous deux édités chez Héloïse d'Ormesson. Elle vit en Belgique où elle partage son temps entre les tournées, les tournages, l'écriture et sa vie de maman.

POUR QUAND TU SERAS GRANDE

ÉGALEMENT CHEZ POCKET

TOUT CE SILENCE

POUR QUAND TU SERAS GRANDE

VÉRONIQUE GALLO

POUR QUAND TU SERAS GRANDE

ÉDITIONS HÉLOÏSE D'ORMESSON

ISBN 978-2-266-31634-7
Dépôt légal : février 2023

À Paul, Polo, Papi, Papa…
Et à tout ce qu'il reste de lui en chacun de nous.

J'ai toujours aimé observer l'horizon.
Les étendues de terre qui permettent de voir très loin.
Ça me rassure, je crois.

Les champs de culture sont recouverts d'une fine couche de neige, et quelques maisons s'invitent dans le paysage. Marie pourrait, comme chaque année, trouver cela très apaisant, mais elle reste figée au volant de sa voiture garée sur le bas-côté de la route. Elle vient de griller une cigarette très rapidement, l'écrase dans son cendrier et en rallume une aussitôt. Malgré la fenêtre entrouverte, l'air dans l'habitacle est presque irrespirable, et elle essaie de dissiper la fumée d'un geste distrait. Elle pose la main sur sa poitrine. Le poids est de nouveau là. Elle lève les yeux vers le miroir de complaisance, tente d'estomper ses cernes et se pince les joues. Mouais. Pas terrible, le résultat. Elle attrape sa terre indienne dans l'espoir de se donner meilleure mine. Elle replace la main sur son sternum. Allez. Expire. Il reste trois cents mètres. Elle est chaque fois surprise par la distance que cela représente. Trois cents mètres, ce n'est rien. Inspire. Trois cents mètres, quoi, c'est bon, tu l'as eue ta pause, là, maintenant ! Bouge-toi, quoi, allez, ils t'attendent. Elle démarre le moteur de la voiture. Trois cents mètres, c'est vrai que ce n'est rien. Mais c'est toujours trop quand on manque de souffle.

Marie se gare dans les graviers qui longent la maison, saisit son sac, y fourre négligemment son briquet, ses clopes, sa trousse à maquillage, interrompt son mouvement comme pour reprendre une respiration, ouvre sa porte, s'extrait – faudra quand même faire disparaître ce gros bourrelet étouffé par la ceinture –, la claque, tire sur la portière arrière qui grince et extirpe trois sacs de courses bien trop lourds. Elle devrait faire deux trajets. Mais elle s'y refuse tant elle veut à tout prix vider cette voiture en une fois, c'est pas trop demander quand même, et encore, ils auraient pu entendre qu'elle arrivait, venir voir si elle avait besoin d'aide, mais personne ne remarque jamais son retour, même quand elle revient des courses, c'est comme ça, elle se débrouille toute seule, bref, allez, arrête de te plaindre, active-toi. Elle repousse d'un pied la portière et essaie d'attraper ses clés coincées dans sa main droite, maintenant saucissonnée par les anses des sacs. Elle se contorsionne pour tenter de verrouiller la voiture quand, tout à coup, sa trousse à maquillage s'écrase sur les pierres humides. Fait chier. Elle se plie en deux pour la ramasser, et elle sent déjà la transpiration qui perle dans son dos, voilà ce qui arrive quand on se laisse aller à manger des cochonneries, quand on n'est pas capable de faire un régime et que la seule perspective réjouissante de l'hiver est celle d'une choucroute généreuse ou d'une raclette coulante. Elle passe la petite barrière qui la sépare de l'arrière-cuisine, se dit qu'il n'y a rien de plus sinistre qu'une terrasse non entretenue sous de la neige qui fond, elle devrait demander de l'aide à son père, lui qui aime tant jardiner, il viendrait sûrement, elle ouvre la porte comme elle peut mais ça coince, elle bataille, c'est quoi qui bloque, encore certainement le vélo d'Antoine qui a dû glisser, déjà quelle idée de le mettre dans une buanderie, surtout pour pédaler deux fois l'an, elle accentue son effort et parvient enfin à s'infiltrer dans la pièce, complètement exténuée et en nage. Elle pose les paquets près de deux tas de linge sale qu'elle écarte vigoureusement du pied, éclaircit sa voix et lance avec un enthousiasme feint *je suis rentrée !* Elle fourre sa trousse à maquillage dans le seul espace libre sur la machine à laver, remarque du coin de l'œil l'évier rempli de pots de peinture, de pinceaux non rincés et de vêtements tachés, et crie de nouveau *vous êtes où mes chéris ? Maman est rentrée !* Marie avance vers la cuisine, pousse la porte, et est submergée par la télévision qui hurle, les pleurs de Léna et la voix sèche de sa mère qui recouvre le tout *c'est toi Marie ? Mets moins fort, Papa, on ne s'entend pas. C'est toi Marie ?* Elle a beau répondre trois fois *oui c'est moi*, sa mère continue sa litanie jusqu'à ce qu'elle l'aperçoive et lance alors vers l'étage *les garçons ! Maman est rentrée ! Les garçons !* Marie tente de ne pas se laisser agresser par ce son strident qui lui irrite les tympans et observe son père, assis dans le grand canapé dont tous les coussins ont été enlevés pour construire une cabane autour de lui, tellement absorbé par l'écran qu'il ne semble pas avoir remarqué qu'il a sur la tête une sorte de casquette ridicule, fabriquée avec la sortie de bain fuchsia de la petite et, Marie peine à identifier l'autre partie, elle plisse les yeux, oui, c'est bien ça, le jouet du chat en poils synthétiques. C'est toujours une sensation étrange de regarder un de ses parents et de se rendre compte qu'il a pris un coup de vieux. Mais cette vision-ci la frappe avec violence : sa carrure plus étroite, son visage creusé et ses yeux fixes ; il répond machinalement aux questions inversées de Julien Lepers sans prêter la moindre attention à l'agitation qui règne dans la pièce.

— Tu en as mis du temps ! tonne sa mère dans son dos, on a fait de la peinture et ils se sont mis en tête de transformer ton père en Davy Crockett. Évidemment, comme d'habitude, il se laisse faire. Ils sont partis chercher une couverture pour…

Liliane n'a pas le temps de finir sa phrase que Tom et Jean déboulent de l'escalier en traînant derrière eux une énorme housse d'édredon.

— Maman ! On a fait une cabane !

— Regarde, Maman ! Papyja est le garde de la forêt !

Marie fait son plus beau sourire aux deux garçons qui lui sautent dans les bras. Puis elle embrasse distraitement sa mère et invoque en guise d'excuse :

— Il y avait du monde au supermarché, et…

Liliane l'interrompt et se met à ânonner le récit du moindre détail de la fin de journée, pendant que ses fils lui montrent comment ramper et se faufiler dans l'antre de Davy Crockett et que Léna s'époumone en haut, le tout rythmé par les questions débitées à toute vitesse par l'animateur. « Mythologie. Dans la mythologie grecque, je suis une dryade. Poursuivie par Aristée, je fus mordue par un serpent qui me fit une blessure mortelle… »

Marie se sent oppressée. Le poids est là. Sur sa poitrine.

— Tom a fait ses devoirs, poursuit Liliane. Et…

— Maman ! Maman ! Regarde, c'est comme ça qu'on rentre dans la cabane sans faire tomber les coussins !

Marie ne sait ni à qui ni quoi répondre, le vacarme est assourdissant. Et à peine le présentateur a-t-il lancé « Orphée, mon mari inconsolable » que le père de Marie se met à scander *Eurydice* en se tapant sur les genoux. Mais les deux participants, eux, n'ont pas l'air de comprendre, et son père, agacé, affirme de plus en plus fort *Eurydice, c'est Eurydice* tandis que l'animateur poursuit rapidement « alla me chercher jusqu'aux Enfers dont il devait ressortir en marchant devant moi sans jamais se retourner. Oubliant cette convention, Orphée me perdit à tout jamais. Mon histoire a inspiré de nombreux peintres, parmi lesquels Poussin, je suis… » *Eurydice*, vocifère son père, *Eurydice !* « Je suis… je suis… Eurydice ! » conclut avec déception Julien Lepers qui soupire des « Oh ! » et des « Ah ! » condescendants.

— Depuis quand est-ce que Papa regarde ça ? Il regarde des jeux maintenant ? s'étonne Marie. Et pourquoi Léna hurle seule là-haut ?

— Ils ont été très sages, mais qu'est-ce qu'ils sont bruyants ! On voit bien que ce sont des garçons… Toi, bébé, on t'entendait si peu que je pensais toujours que tu étais morte.

Marie ne relève pas le sarcasme de sa mère, prend la télécommande et baisse le son avec autorité.

— Bonsoir, Papa. Désolée, mais on ne s'entend plus ici. Je ne savais pas que tu aimais cette émission. Et alors, ces dix jours de golf ?

Il lui sourit gentiment sans répondre. Elle en profite pour le dévisager.

— Ça va ? On dirait que ça ne t'a pas réussi, ces tournois au grand air, t'es tout tiré !

— Forcément, gronde Liliane, à force de faire le sot avec tes fils, il est épuisé. Et toi, ça va ? enchaîne-t-elle sans lui laisser le temps de réagir. Léna n'a pas voulu dormir. Je l'ai remise dans son lit mais elle pleurniche comme ça depuis une demi-heure…

Marie se dirige vers l'escalier. Visiblement, sa mère et elle n'ont pas la même définition du verbe « pleurnicher ».

— Ne va pas la chercher ! Elle fait des caprices !

— Elle a quatre mois, Maman. Et là, elle hurle, je te signale.

— Tu la gâtes beaucoup trop. Allez, Papa. On va y aller…

Marie monte les marches quatre à quatre et entre dans une minuscule chambre colorée. Il n'y a qu'un lit cage blanc dont la peinture commence à s'écailler et un fauteuil. Les étagères sont encore au sol, ça fait des semaines qu'elle demande à Antoine de les fixer, il faut toujours insister avec lui, c'est fatigant. Marie prend Léna dans ses bras et la réconforte. *Maman est là, chérie... Oh oui ! Tu as eu un gros chagrin. Ouh, que la vie n'est pas toujours drôle, hein, ma puce ? Ouh, que la vie n'est pas facile...* Elle s'assied dans le fauteuil en face du lit, appuie sa fille contre sa poitrine et chantonne doucement tout en regardant par la fenêtre avec lassitude. Les parterres sont en friche, les haies ne sont toujours pas taillées et le toboggan mériterait un bon coup de Kärcher. Puis elle observe la pièce, sent une forme de découragement la gagner, ses yeux glissent vers le palier, et elle s'aperçoit que le sol est recouvert de Lego et de Playmobil en tous genres.

— Les garçons ! Venez ranger !

— Attends, ils mangent !

— Mais ce n'est pas le moment, Maman ! On va bientôt dîner !

— On ne t'entend pas ! Que dis-tu ?

Laisse tomber. Elle se relève avec Léna et sort de la chambre. Elle hésite un instant, consternée devant les jouets éparpillés, puis se lance dans une séance de gymnastique pour les ramasser avec la petite dans les bras. Elle les jette dans un grand panier en osier avant de descendre et de découvrir sa mère occupée à découper une tarte.

— Pourquoi tu leur donnes toujours quelque chose à manger quand ce n'est pas l'heure ?

— Mais ils ont faim, ces pauvres chéris ! se défend Liliane en souriant à Léna. Et alors, on ne pleure plus ? Maman te gâte de trop, hein, oui, Maman te gâte de trop !

— Maman, s'il te plaît…

— Oh, mais tu fais comme tu veux ! Si une mère ne peut même plus conseiller sa fille ! Je te dis que tu n'es pas assez sévère. Ils le sentent. Moi, quand je t'ai eue, on disait que c'était bon pour un bébé de se faire un peu les poumons.

— T'avais à peine vingt ans et c'était une autre époque.

— Justement. Quand on a vingt ans, on ne fait pas tant d'affaires…

— J'oublie toujours à quel point tu as été une mère parfaite.

— Je ne dis plus rien ! Je ne dis plus rien ! De toute façon, on ne peut te faire aucune remarque. Tu en as de ces cernes…

— J'ai eu une grosse journée, et elle est loin d'être finie.

— Tu en fais beaucoup trop. Tu viens à peine de recommencer à travailler et il fallait que tu te mettes en plus le théâtre sur le dos ! Tu dois te consacrer à tes enfants. Ton père n'aurait jamais accepté que je rentre aussi tard dans l'après-midi ou que j'occupe mes week-ends à des choses inutiles comme tu le fais…

— Elles ne sont pas inutiles. Ça me fait du bien.

— Ça, c'est sûr qu'on peut voir à ta tête qu'elles te font du bien ! Tu ne trouves pas, Papa ? Dis-lui, toi !

Jacky s'extirpe du canapé avec lenteur, sourd à ce que lui dit Liliane. Il retire sa casquette de fortune, s'approche de Marie, lui fait un petit clin d'œil et lui serre le bras tendrement en murmurant *Allez, courage, ma belle...*

— Comme toujours, c'est elle que tu soutiens, persifle Liliane.

Marie n'en peut plus. Elle sait qu'elle devrait remercier ses parents de l'aider, mais ces retours en fanfare l'épuisent, il faut toujours que sa mère soit piquante, qu'elle crache son venin sur quelqu'un. Et elle est triste qu'une fois de plus son père baisse la tête et se contente simplement de poursuivre sur le même ton :

— Et ton projet d'écriture, ça avance ?

— Qu'est-ce que tu veux qu'elle ait le temps avec tout ce qu'elle fait ! intervient Liliane. Allez, bisous, mes petits trésors.

Elle bécote Tom et Jean rapidement, rassemble ses affaires pendant que Marie embrasse son père avec affection.

— Tu sais, lui murmure-t-il à l'oreille discrètement, j'ai cru longtemps que tu serais médecin comme moi. Puis j'ai été ravi pour toi que tu choisisses l'enseignement. Les sciences humaines, ça te correspond. Mais je vois bien que tu as envie d'autre chose. Cherche jusqu'à ce que tu trouves ce qui t'épanouit vraiment. Crois-moi. La vie est trop courte pour renoncer aux rêves.

Marie sourit à son père, étonnée, qu'est-ce qui lui prend tout à coup ? En même temps, ça la touche qu'il semble si bien la connaître et décèle le questionnement qu'elle traverse. Marie regarde ses parents s'éloigner, avec Léna dans les bras et les deux garçons à côté d'elle. *Allez, faites au revoir à Papyja et Mamy*. Quel soulagement. Et quelle culpabilité d'être soulagée. Elle sourit au voisin qui promène son chien. Oui, je sais, monsieur, nous sommes si touchants comme ça sous le porche à faire des gestes tendres vers mes parents qui s'éloignent. Oui, mes enfants sont beaux et sentent le bonheur sucré. Oui, c'est vrai, quelle joie d'être chez soi. Oui, monsieur, nous avons l'air d'une famille heureuse et comblée. Mais seulement l'air, monsieur, seulement l'air.

Liliane suit des yeux le voisin en maugréant *quelle drôle d'idée d'avoir un aussi gros chien. Il doit avaler des kilos de viande par jour. Et puis tous ces poils qu'il doit laisser partout.* Jacky l'observe. Ne réagit pas. Liliane adresse un signe rapide à Marie, elle semble comme délivrée de quitter la maison, *trois petits-enfants, c'est beaucoup, je les adore, mais qu'ils sont bruyants.* Elle vérifie que Jacky a bien mis sa ceinture et il la laisse faire, de toute façon, il s'en fiche, il n'en est plus à compter les fois où elle le traite comme un gamin. Elle démarre. Le cœur de Jacky se serre. Alors il se retourne et envoie des bisous pleins d'amour aux enfants et à Marie, il sait déjà que ça va énerver Liliane, elle a décrété qu'il faisait tout pour être leur préféré. Il sent bien que ça l'agace et prend un malin plaisir à en rajouter quand, tout à coup, elle décide d'accélérer pour que la maison disparaisse plus vite dans le rétroviseur. Il regarde Marie et les enfants rapetisser peu à peu et, dès qu'ils ne sont plus à portée de vue, Liliane se crispe comme une vieille bique qui aurait avalé de travers. Jacky tourne lentement son visage vers la fenêtre, et ses bras encore chargés de bisous à envoyer lui retombent sur les cuisses, pareils à ceux d'un pantin que l'on remise.

— Elle ne va pas bien, ça saute aux yeux, assène Liliane, elle en fait trop et toi, évidemment, tu ne peux pas t'empêcher de lui reparler de ce projet d'écriture, là, parce que tu crois que c'est judicieux d'y consacrer du temps alors qu'elle a charge de famille ? Tu as vu sa maison ? Tu as vu l'état de la buanderie ? Rien n'est tenu, le linge traîne partout, je trouve ça quand même assez…

— Faut toujours que tu saches mieux que tout le monde, hein ?

Liliane s'interrompt, surprise.

— Je ne vois pas de quoi tu parles, Jacques. Et je te prierais de ne pas utiliser ce ton avec moi.

Jacky rumine contre la vitre. Liliane presse ses mains sur le volant pour se pencher à droite et entendre les commentaires inaudibles de son mari.

— Tu marmonnes encore. Si tu as quelque chose à dire, dis-le.

— Je n'ai rien à dire.

— Mais si ! Articule, vas-y ! s'exaspère-t-elle.

— Je me demande parfois comment elle a pu s'en sortir avec une mère comme toi. Voilà ce que je dis.

— Pardon ? s'offusque-t-elle en s'agrippant encore plus fort au volant. Pardon ? Je pense, Jacques, que tu n'es pas en position de me faire la moindre remarque.

— Arrête-toi là, ordonne-t-il en attrapant une grande enveloppe à ses pieds.

— C'est quoi cette… ? Mais tu oublies tout, décidément ! Tu ne pouvais pas la poster en même temps que ton colis tout à l'heure ?

Il ne répond pas. Liliane se gare à côté d'une boîte aux lettres. Il sort. Va déposer l'enveloppe A4 et claque la porte en se réinstallant.

— Il est trop tard, de toute façon, ça ne partira plus aujourd'hui, commente-t-elle sèchement.

— Ça n'a aucune importance. Roule.

— C'est pour qui ?

— Roule, j'te dis !

Ils redémarrent dans un long et profond silence. Jacky se contente de regarder les magasins qui défilent en serrant ses mains l'une contre l'autre. Il pense à Marie. Elle est si jeune encore. Marie. Rien que son prénom provoque en lui une bouffée de tendresse. Marie. Ce n'est sans doute pas le meilleur moment. Mais c'est trop tard maintenant. Les commerces ont laissé place à la nationale. La nationale va les mener à l'autoroute. L'autoroute les recrachera dans leur banlieue bourgeoise. Et en parcourant cet itinéraire si souvent emprunté, Jacky se laisse bercer par les paysages que la vitesse avale et fait disparaître une dernière fois.

La nuit est tombée depuis longtemps. Marie et les enfants sont couchés sur le lit de Tom. Elle leur lit *Les Trois Petits Cochons*, s'efforçant d'y mettre tout son cœur, de se réjouir de ce moment privilégié et, tandis qu'elle tourne les pages en criant *Venez ! Ma maison est plus solide*, Tom réfléchit et explique que *si c'est des briques, le loup ne peut pas souffler* et Jean, toujours espiègle, rit en se tenant les fesses *il va brûler son pépète dans le feu* et c'est drôle de les voir ainsi tous les deux. Mais comme toujours, très vite, trop vite, il faut gérer leurs personnalités, calmer Jean qui bouge sans cesse, poursuivre l'histoire pour Tom qui vérifie, maintenant qu'il sait lire, que chaque mot a bien été prononcé. Les garçons gonflent leurs joues pour imiter le loup qui souffle, ils soufflent, ils soufflent, ils soufflent vers le livre, c'est simple, c'est tendre. Et puis il faut répondre aux questions de Tom *il rentre quand, Papa ?*, expliquer qu'il sera tard, qu'il a une réunion importante, que c'est comme ça, les papas, parfois, ils travaillent le soir mais ils viennent toujours faire des bisous quand ils rentrent, et puis il faut bien rassurer Jean *mais moi je le sens jamais son bisou*, c'est normal,

Jean, on ne sent rien quand on dort profondément, il faut bien mentir un peu, Antoine n'y va pas mais c'est un bon père quand il est là. Cette discussion lui rappelle brutalement qu'elle est seule à gérer des moments comme ceux-ci, où il faut aller mettre Jean au lit, vérifier que Léna dort bien, apporter un verre d'eau à Tom, laisser la lumière, non, l'éteindre, non, finalement la rallumer, signer le papier que Tom doit rendre demain pour la visite médicale, non, il n'est pas encore rempli mais elle va le faire, *oui, faites de beaux rêves, oui, oui, mes amours, oui, je prépare ta raquette, Jean, oui, je vais la mettre près de ton sac, non, on ne l'oubliera pas, mais maintenant il faut dormir parce que le marchand de sable va passer, mais si, tes yeux picotent mon chéri, le marchand de sable, on ne le voit pas, ben oui, c'est ça, c'est un peu comme Papa, oui, mon cœur, beaux rêves, bisous, beaux rêves, je descends maintenant, c'est un temps pour les mamans, on dort, tout le monde dort, bonne nuit.* Et quand elle arrive dans la cuisine, il faut ranger la débâcle et ça, c'est vraiment le truc le plus pénible, d'ailleurs elle va instaurer des tâches ménagères pour les garçons, c'est vrai qu'ils sont encore petits mais il est temps, là, franchement, c'est plus possible, ils peuvent tout de même mettre leur pot de yaourt vide à la poubelle. C'est sa faute à elle, en fait, c'est trop fastidieux de leur dire, de les rappeler une fois qu'ils ont quitté la table, c'est souvent plus simple de faire les choses soi-même que de demander, c'est un problème, ça doit changer, parce qu'elle va en faire des enfants pourris gâtés. Et elle frotte la table avec l'énergie du désespoir, elle sait ce qu'elle est censée faire, alors elle se dirige vers le hall et récupère son cartable, en sort quelques copies d'élèves, regarde la pile avec un découragement certain, attrape au passage un Melo-Cake pour se donner du courage, l'enfourne dans sa bouche, s'assied et allume une clope, Antoine se plaindra que ça pue dans la cuisine mais tant pis, elle est chez elle, merde quoi. Elle gribouille des commentaires illisibles sur la première copie, ce n'est pas mauvais, il faut l'encourager, cet élève, mais le stylo ne suit pas, la main est fatiguée, l'humeur lasse, et elle délaisse son tas de feuilles sans aucun scrupule. Elle descend à la cave chercher un merlot, se remplit un verre, allume une autre cigarette et prend son ordinateur portable. Elle ouvre un fichier intitulé « écriture » et reste longuement devant la page encore blanche. Puis elle parcourt d'autres dossiers, y lit des passages qu'elle a écrits, retrouve la vieille structure d'une histoire à laquelle elle ne pensait plus, y revient, non, ce n'est pas ça qu'elle veut raconter, non, elle reclape frustrée l'écran de son ordinateur, préférant son cahier Atoma, qu'elle sort d'un tiroir, qui consigne tous ces bouts de phrases qui lui sont venus comme un jaillissement sans jamais pour autant faire sens. Au moment où elle sent qu'un lien est en train de se tisser entre certaines phrases, elle entend les pleurs de Léna. Putain, non ! S'il vous plaît, je demandais dix minutes pour moi, juste dix minutes, c'est quoi cette histoire, pourquoi elle se réveille encore ? Elle a quasi quatre mois, les bébés sont censés faire leur nuit complète à cet âge-là, elle l'a lu sur Internet, Jean, lui, dès deux mois et demi, ne buvait déjà plus que quatre biberons. Elle vide son verre et sait qu'elle ne peut faire fi des cris stridents de sa fille qui, décidément, sait se faire entendre. Il y a comme une ambivalence terrible entre l'envie d'ignorer les pleurs et l'incapacité profonde de le faire, c'est toujours le maternel qui prend le dessus sur l'ego, ça doit être une loi de la nature, pense Marie, sinon, les mères abandonneraient toutes leurs enfants une heure ou deux tellement elles n'en peuvent plus.

Ce soir-là, Marie donnera le biberon devant un programme télévisé insignifiant, regrettant amèrement de ne pas avoir acheté cette farine à la camomille qui épaissit le lait et qui promet des nuits si longues aux parents. Demain, elle ira. Mais le simple fait d'évoquer demain, c'est avouer que la journée est finie. Quelle journée ? se demande Marie avec un brin d'amertume, le temps passe trop vite, il faudrait aller se coucher et Antoine n'est toujours pas là alors qu'il est déjà vingt-trois heures. Et c'est vrai qu'il a une heure de route, mais quand même, quoi, elle finit par se poser des questions, c'était quoi ce soir ? Un dîner avec le grand patron d'elle ne sait plus où, oui, c'est ça, ils n'en sont peut-être même pas au dessert, n'empêche qu'il pourrait lui envoyer un message des toilettes, court, style « tu t'en sors avec les trois ? » histoire de montrer qu'il pense à elle. Enfin, elle le connaît, Antoine, quand c'est lui qui est à l'extérieur, il vit sa vie et se tracasse rarement pour elle. *Allez, fais ton petit rot, ma puce, Maman est fatiguée.*

Ce soir-là, Marie prendra conscience qu'Antoine est rentré lorsqu'elle entendra la chasse d'eau dans la salle de bains, jettera un œil vers le réveil et constatera qu'il est 23 h 57. Elle aura juste l'énergie de lui dire *tu as fait un bisou aux garçons ? Jean voulait un bisou.*

— Il dort comme une marmotte.

— Ça a été ?

— Je suis mort. Faut vraiment que je dorme. Je te raconterai tout demain matin.

Ce soir-là, Marie se surprendra tout à coup à poser la question qu'elle ne pensait pas poser un jour.

— Tu as rencontré quelqu'un ?

— Mais qu'est-ce que tu racontes comme bêtises ?

— Tu rentres de plus en plus tard depuis la naissance de Léna. Ça pourrait nous arriver. Tu as rencontré quelqu'un ?

— J'ai eu une journée de dingue. Je suis mort. Arrête avec tes prises de tête. Léna va sans doute encore se réveiller à cinq heures. Je lui donnerai son biberon. T'as cours à quelle heure demain ?

— À 8 h 30.

— Et moi, je dois être au boulot super tôt. Il faut dormir maintenant. Bonne nuit.

Cette nuit-là, Marie gardera longtemps les yeux ouverts. Elle repensera à toutes ces soirées, avant l'arrivée de Léna, où ils pouvaient, Antoine et elle, se tenir chaud, se masser, faire l'amour. Où trouvait-elle toute cette énergie ? Même après les naissances de Tom et de Jean, elle n'avait jamais ressenti une telle fatigue, sa libido était revenue très vite, la promesse de leurs retrouvailles en avait été le déclencheur, et leur vie intime avait repris rapidement comme si de rien n'était, et avec, en plus, une sorte de reconquête enivrante qui les emmenait plus loin chaque fois. Et là, elle ne se souvient plus de la dernière fois qu'Antoine l'a touchée. Non qu'il ne tente pas régulièrement une approche, mais c'est comme si elle ne parvenait plus à laisser parler son corps, son corps qui pourtant a retrouvé sa vigueur. Quelque chose bloque dès qu'elle songe au désir, quelque chose qui refuse de lâcher prise. Peut-être est-ce trop prévisible parce qu'elle anticipe tous les gestes d'Antoine, peut-être est-ce l'épuisement qui rend le corps d'Antoine si étranger au sien. Elle ne sait pas, mais elle y réfléchit beaucoup, et plus elle y pense, plus son envie s'amenuise.

Cette nuit-là, Marie cherchera sa place près d'Antoine sans la trouver. Mais, à 00 h 46, le sommeil l'emportera sur le reste quand elle se rendra compte qu'elle est en train de se prendre la tête pour un homme, le sien, profondément endormi à ses côtés et qui n'a même pas eu la délicatesse de lui demander comment sa journée s'était passée. Elle se retournera une dernière fois, arrondira son dos et remontera ses genoux contre sa poitrine. Avec un peu de chance, le corps ainsi rassemblé, elle se sentira moins seule.

Liliane n'a pas eu de peine à s'endormir. C'est, en tous les cas, ce que constate Jacky en l'observant sur le pas de la porte. Conformément à sa routine du soir, elle a pris un comprimé de Valium, suspendu son chemisier à l'extérieur de la petite armoire bleue, replié avec ordre la serviette de bain sur le tabouret et lu quelques pages de son magazine à scandales avant d'éteindre la lampe de chevet de la chambre où elle a élu domicile depuis plusieurs mois. Il sait très bien pourquoi elle dort là. Elle croit que cela aura une influence sur lui. C'est vraiment mal le connaître. Jacky ferme la porte délicatement et retourne dans la chambre conjugale qu'il occupe seul. Il va attendre encore un peu. Pour être sûr qu'elle soit vraiment endormie. Il s'assied sur son côté du lit, les yeux dans le vide. Aucune émotion ne le traverse. Ni la peur. Ni le doute. Il s'étonne de ne rien ressentir. C'est presque un soulagement d'être absent à soi-même. Il s'abandonne au tic-tac du vieux réveil de son père, ce rythme qui a accompagné son désespoir toutes ces années. C'est juste un rappel du temps qui ne passe plus. Ni lent. Ni rapide. Jacky est immobile, attentif aux vibrations de la maison et sourd à tout le reste. Il attend les ronflements qui finiront par traverser le hall de nuit pour atteindre sa chambre. Il attend. Presque avec impatience.

Au moment où il a la confirmation que Liliane dort profondément, il pose les mains sur ses genoux comme pour s'exhorter à se redresser. Rien ne le distrait. Même pas le dessin encadré de Tom qui le représente entre ses deux petits-fils avec un gros point rouge à la place du nez. Pauvre chou. S'il savait à quel point les clowns peuvent être tristes. Il est incapable de tenir pour les trois petits. Il le voudrait, mais il se sent « à côté » en permanence, ne parvient plus à se libérer quand il est auprès d'eux et, tout à l'heure, il a été si malheureux de ne pas pouvoir leur jouer un Davy Crockett digne de ce nom. Les garçons avaient de l'énergie à revendre et ont fait semblant de ne rien remarquer. Mais le constat est là. Il n'est plus capable d'un seul effort pour ceux qu'il aime. Auparavant, lorsqu'il a eu ce genre d'idées, il a toujours suffi qu'il pense à Marie pour que cesse l'emballement dans son esprit. Mais Marie a grandi. Elle a Antoine et les enfants, aujourd'hui. Et puis, il ne peut pas vivre avec la honte. Il ne peut plus. Cette fois-ci, c'est différent, il n'a plus d'autre issue que celle d'affronter la vérité et ça, c'est au-dessus de ses forces. Il est serein. Soulagé. Il n'a pas tellement peur, d'ailleurs. Faut dire qu'avec ce qu'il a avalé il est presque engourdi. Et il vaut mieux qu'il ne traîne pas. Il tend de nouveau l'oreille vers le couloir. Une respiration de plus en plus sonore lui parvient. Il se lève et ouvre très lentement son armoire sans faire de bruit. Il a l'impression d'entamer une chorégraphie au ralenti. Il perçoit les battements de son cœur au creux de ses oreilles et de son ventre. Il enfonce la main derrière la boîte qui contient ses chaussettes et ses pyjamas d'été, loin derrière, et attrape un sac assez volumineux qu'il a placé là ce matin, pendant que Liliane faisait une énième réussite sur la table de la cuisine. C'est une corde épaisse qu'il a achetée au Brico du coin il y a des mois et qui est restée dans le garage en attendant qu'il soit certain. Il fait un nœud coulant d'un geste sûr. Internet, c'est pratique, quand même. Il s'avance vers la fenêtre de la chambre, monte sur l'escabeau qu'il a pris soin de dissimuler derrière le grand rideau Liberty, enroule la corde autour de la poutre de la pente du toit. Vérifie la solidité de son nœud. Faut pas qu'il se rate. Il se passe la corde autour du cou. Tire plusieurs fois pour s'assurer que le dispositif tient. Inspire. Regarde une dernière fois le dessin de Tom. Lance ses pieds dans le vide. Et, en un basculement décidé, le nez de clown disparaît.

Le petit déjeuner terminé est toujours sur la table. C'est incroyable ce que cette vision peut agacer Marie. Tous les matins, une photo identique : celle d'une table dévastée par un repas expédié, du lait encore dans les bols, le pot de pâte à tartiner que personne n'a jugé bon de refermer, les vermicelles au chocolat écrasés autour de l'assiette de Tom, les croûtes de pain que Jean laisse et planque sous le set de table. Parfois, Marie voudrait n'avoir qu'à agiter une cloche pour avertir des domestiques qu'il est l'heure de débarrasser. Ce rêve impossible la fait soupirer. Elle rapporte le plus de choses près de l'évier au gré d'allers-retours rapides entre la table et le plan de travail, accompagnée par les vocalises de Léna, déjà emmitouflée dans son Maxi-Cosi et prête à être emmenée. Antoine, engoncé dans sa veste et son écharpe, se tient près de la buanderie avec un air impatient.

— Il faut que j'y aille, moi ! Je vais être en retard, nom de Dieu ! Son sac est prêt ?

— J'arrive ! J'arrive ! Il manquait les lingettes !

Elle se précipite vers lui le paquet en main, le fourre dans le sac de la petite tandis que Jean répète comme un automate *je trouve pas ma housse de raquette, je trouve pas ma housse de raquette* et ce, avec une telle conviction que Marie, qui sent un début de migraine l'envahir, finit par lâcher :

— Arrête, Jean ! Arrête ! Tu ne peux pas deux secondes chercher sa housse, Antoine ? T'es pas obligé de rester les bras ballants comme ça, quoi ! Elle est où, cette housse ?

— Mais je ne sais pas, moi, si au moins tu remettais les affaires des enfants au même endroit !

— Ah, parce que c'est à moi de remettre les affaires de tout le monde à leur place, ici, c'est ça ? Il est temps que chacun apprenne à ranger par soi-même. Regarde sur la troisième étagère !

— Non, j'ai déjà regardé, elle n'y est pas !

Marie se rue vers le placard et ressort, victorieuse, la housse de derrière quelques chaussures.

— Tu vois qu'elle est là !

— Ce n'est pas la troisième étagère.

— Bon sang, tu peux quand même regarder autour !

— Tu me dis la troisième étagère, je regarde sur la troisième étagère !

— Oh, écoute, on ne va pas se disputer pour une housse de raquette qui n'est pas exactement à la place que je t'ai indiquée ! Mets ta deuxième chaussure, Tom, Papa et Maman sont en retard.

— Je te signale que toi, tu as encore trente minutes alors que moi, je dois déposer Léna à la crèche !

— J'en ai marre de ces départs du matin, j'en ai marre, souligne Marie à voix basse, on ne peut pas faire ça dans la bonne humeur comme on le faisait avant ?

— Avant, on n'avait que deux enfants, cingle Antoine en attrapant ses clés.

— C’est censé vouloir dire quoi, ça ?

— Tu le sais très bien ! siffle-t-il en prenant le Maxi-Cosi d’une main forte et en souriant à Léna. Allez, viens, ma toute belle, dis au revoir à Maman et à tes frères !

Il embrasse les garçons et s’approche de Marie pour l’embrasser. Elle évite son baiser, lui tend la joue et le regarde à peine.

— Je te signale qu’on a pris cette décision à deux.

— Allez, je dois vraiment filer, moi. Ce soir, je rentre tôt. On aura le temps de discuter. Faut qu’on s’organise autrement…

— Oui, c’est ça. On en discutera ce soir, conclut-elle sèchement.

Antoine quitte la maison par la porte de l’arrière-cuisine avec grand bruit. A-t-il trébuché ? Marie n’en sait rien mais elle l’entend vociférer *c’est le bordel dans cette connerie de buanderie !* Elle l’observe par la fenêtre traverser la terrasse, en grommelant *t’as qu’à la ranger si ça ne te convient pas.* Le vent souffle fort et la neige s’est transformée en une fine couche d’eau sale et opaque. Les feuilles en décomposition de l’automne dernier n’ont pas été ramassées et elles s’agglutinent autour des pieds de la table de jardin. Encore une tâche dont il faut se souvenir. Être la mémoire de la collectivité familiale, voilà bien un rôle qui lui pèse. Et Antoine qui a besoin qu’on lui coure après pour faire quoi que ce soit, infoutu de prendre la moindre initiative. Il doit pourtant constater la même réalité désolante qu’elle lorsqu’il rentre à la maison. Merde, à ce propos, elle a oublié d’en parler à son père. Il a tellement la main verte qu’il serait peut-être temps qu’elle apprenne certains de ses trucs de jardinier. Elle presse les garçons, qui mettent enfin leur manteau, ferme la maison, jette la clé dans son sac à main, et avance chargée comme un baudet vers la voiture. Elle entasse les cartables, sa mallette et sa veste sur le siège avant et installe Jean sur le rehausseur à l'arrière. *Mets ton bonnet, s'il te plaît. Oui, tu vas avoir chaud dans la voiture, mais peu importe, mets ton bonnet !* Elle s'installe, passe sa ceinture, enclenche la marche arrière et s'aperçoit alors que le pare-brise est entièrement gelé. *Merde. Il est où le grattoir ?* Elle gesticule avec force dans la voiture, essaie de tâter sous les sièges, actionne les essuie-glaces qui crissent sur la surface du givre. Elle voit les minutes défiler et s'imagine déjà en retard, elle déteste être en retard, c'est un manque de respect, ce n'est pas professionnel, c'est la honte. Elle attrape une chemise cartonnée vide dans sa mallette, sort de la voiture et frotte désespérément la vitre. Antoine aurait pu le faire, quand même, elle devrait arrêter de jouer la Wonder Woman et prétendre être une gourde maladroite pour qu'on la gâte un peu. Elle finit par démarrer au son des garçons qui se disputent, elle n'en peut plus, elle veut la paix, le silence et les oiseaux qui chantent, et elle crie avec rage *est-ce qu'on peut essayer d'être pour une putain de fois de bonne humeur ?* Tom se fige instantanément tandis que Jean, que rien ne semble jamais atteindre, pouffe de rire nerveusement en se mettant la main devant la bouche *Maman a dit un gros mot.* Elle soupire, s'excite sur son changement de vitesse et part en trombe. *Maman s'énerve un peu parce qu'on est à la bourre, les gars. Mais on va passer une bonne journée, pas vrai ? Maman a besoin de passer une bonne journée.*

Marie se gare devant un grand campus composé de plusieurs bâtiments. D'un côté, les écoles primaire et maternelle, de l'autre, le secondaire. Marie fait sortir les enfants de la voiture et les accompagne jusqu'à la grille de leur bâtiment. Elle salue en chemin quelques élèves tandis que Jean serine *et lui c'est qui ? c'est ton élève aussi ?* Marie presse le pas, bientôt la sonnerie retentira, et elle veut avoir cinq minutes au calme dans la salle des professeurs avant d'aller en classe. Elle encourage ses fils à avancer dans la cour, leur souhaite une bonne journée, *Tom, ton papier est signé dans ton journal de classe, n'oublie pas de le donner à la maîtresse*, les regarde s'éloigner, puis reprend son parcours, ponctué de sourires et de saluts chaleureux. Tout à coup, elle craint d'avoir mis son blush n'importe comment ce matin dans la précipitation, elle se frotte les mains sur les joues histoire d'étaler la poudre, rien de plus atroce que de se rendre compte après une matinée de cours que l'on a un pâté rose vif et que tout le monde s'est contenté de vous regarder bizarrement pour ne pas vous vexer.

Dans la salle des profs, un grand nombre de ses collègues sont installés autour d'une table ronde. Ils parlent et rient, certains prennent leur petit déjeuner. D'autres photocopient des documents. Marie se dirige vers les casiers où se trouvent Georges, Fabrice et Manon qu'elle embrasse avant d'ouvrir le sien pour y prendre des papiers qu'elle essaie tant bien que mal de remettre en ordre. Georges parle et parle, un vrai moulin celui-là, Marie fait semblant de s'intéresser à ses propos sur l'hiver qui sévit seulement maintenant en février. Manon lui sourit et articule un *ça va, toi ?* un peu inquiet. Pas de doute, Marie doit avoir une sale tête, une de celles qu'elle traîne depuis qu'elle a repris le boulot alors qu'elle ne rêve que de dormir toute la journée. Elle n'ose pas répondre la vérité à son amie, fait une moue et évite son regard car elle sent bien qu'elle est à fleur de peau.

La sonnerie retentit. Personne ne bouge. Puis, sans doute parce qu'ils savent qu'ils ne peuvent nier la réalité de cet appel que quelques secondes, les professeurs se lèvent progressivement, embarquent leur cartable rempli de documents et commencent la longue procession habituelle dans le couloir. Les élèves se pressent et se poussent, les professeurs se frayent un chemin dans la cohue, déjà concentrés.

Manon colle son épaule contre Marie *tu n'as quasi pas dormi, je suppose.* Et alors ça sort d'un coup, comme un abcès qu'on crève, Antoine qui est rentré tard, Léna qui a pleuré deux fois cette nuit, les garçons qui font un bruit, mais un de ces bruits, et elle conclut avec ce poids qui lui enserre à nouveau la poitrine : *paraît que c'est ça la vie d'une mère de famille.* Manon va à l'essentiel *Mince ! Tu as pu écrire un peu au moins ?* et là, il faut bien avouer que rien, pas une ligne, que, de toute façon, elle n'a plus d'espace libre dans sa tête, qu'Antoine a l'air à l'ouest et que c'est dur, qu'elle se sent grosse, alors oui, c'est sûr, elle a accouché seulement il y a quelques mois, oui, c'est vrai, elle devrait se donner le temps, mais le temps passe trop vite et elle ne va tout de même pas attendre d'avoir quarante ans pour avoir une vie. Manon arrive devant la porte de sa classe, elle parle de ce midi, de ce qu'elle lui racontera, de son rendez-vous galant qui l'a gardée éveillée toute la nuit, des détails qu'elle laisse en suspens, il n'y a pas à redire, Manon exulte de joie et Marie s'en réjouit, mais ça lui fait un petit quelque chose de constater que son amie s'épanouit avec tant de grâce tandis qu'elle-même se débat pour ne pas faner. Manon entre dans sa classe et fait un geste signifiant « c'était chaud ». Marie la regarde et rit, mais aussitôt la boule gonfle de nouveau dans sa gorge, elle marche jusqu'à sa classe en essayant de garder la tête haute. Elle entre avec dynamisme et observe avec bienveillance les derniers élèves debout qui gagnent leur place. Elle les adore, ses élèves. Elle adore enseigner. Ce n'est pas toujours évident. Ça dépend des classes, des groupes, des jours, mais c'est un beau métier quand même. Ça dépend aussi de ce que l'on vit intérieurement. Mais ça, elle refuse qu'ils en pâtissent. Une bonne journée, a-t-elle dit aux enfants. Elle veut une bonne journée, et il suffit de le vouloir. Alors qu'à cela ne tienne, on sourit, on les salue, on fait un petit commentaire, tout va bien, qu'il est beau ce soleil, allez, la volonté, y a que ça de vrai. C'est en tous les cas ce qu'elle pense quand elle lance *tout le monde prend son journal de classe. Courage, Benoît, comme moi tu te serais volontiers enfoncé encore un peu dans ton oreiller, mais sache que tu n'aurais pas eu alors l'immense bonheur, l'incroyable satisfaction, l'extraordinaire possibilité de découvrir avec nous les théories de Freud !* Elle ponctue sa phrase en inscrivant au tableau Sigmund Freud en lettres capitales et se retourne. *Qui peut me dire qui est ce grand Sigmund ?*

La récréation vient de sonner, et Marie se réjouit déjà de ces quelques minutes de pause bienvenues. Elle traîne pour ranger ses affaires, discute avec une élève des résultats de son test, puis sort tranquillement de la classe. Au moment où elle franchit la porte de la salle des professeurs, elle perçoit immédiatement une tension, il s'est passé quelque chose, et elle pense d'abord à un truc stupide habituel, une communication déplaisante affichée aux valves, mais en même temps tout le monde se tait et ça, c'est vraiment pas normal. Elle voit bien que certains lui jettent des regards furtifs, mais elle n'hésite pas à fendre le silence d'un *ben dites donc, vous en faites une tête !* Sa remarque tombe à plat. Manon, de dos, se retourne et, presque en sautant de sa chaise, se précipite sur elle, lui prend les mains et chuchote *chérie, c'est ton Papa.* Marie la fixe, étonnée, elle ne sait pas pourquoi mais elle a envie de rire, et Manon qui serre ses doigts plus fort *ta Maman vient d'appeler, c'est ton Papa, chérie, il est arrivé quelque chose à ton Papa. Il est mort, Marie.* Et là, sans doute ne comprend-elle rien de la réalité qu'on lui assène, car sa première réflexion est de ne pas y croire même si un sanglot broie sa voix *c'est une blague ? Si c'est une blague, les gars, c'est pas drôle* et elle est là au milieu de tous ses collègues qui la dévisagent en silence, un silence oppressant, et Manon qui ajoute, *viens, je t'emmène chez ta Maman, elle t'attend* et Marie qui répète comme pour se réveiller de ce cauchemar *Mais c'est une blague ? Qu'est-ce que tu racontes ? Je l'ai vu hier.* Et dans cet espace bondé où certains ignorent encore la nouvelle et s'exclament les futilités coutumières *ah, un bon café*, on entend des *chuuuut tais-toi, le père de Marie est mort*, et tout le monde veut tellement bien faire qu'elle voit même Fabrice qui bloque la porte et qui, chaque fois qu'elle s'ouvre, sort pour expliquer la situation afin que chacun rentre avec une tête de circonstance. Et Marie répète *mais t'es sûre que c'est ma mère qui a appelé, mais elle a dit quoi* et là, ça tombe comme un bloc et pourtant c'est doux, c'est la voix de Manon qui peut tout dire sans faire de mal, qui enrobe de velours celui qui l'écoute, c'est Manon, sa Manon qui lui murmure à l'oreille *ton Papa est mort, chérie, il s'est pendu cette nuit.*

C'est l'information qui fait tout basculer. Non pas qu'il soit moins choquant d'apprendre la mort accidentelle de quelqu'un, mais quand s'impose brutalement à Marie l'image d'une corde, cette corde n'a rien à voir avec son père. Alors elle reprend presque espoir parce que la phrase *il s'est pendu* ne rentre pas dans le cadre, ce n'est pas son père, cet homme qu'elle connaît mieux que quiconque, c'est inconcevable, et elle en vient à s'imaginer une erreur. À partir de là, c'est la fuite en avant. Marie perd un temps considérable à essayer de comprendre pour quelles raisons sa mère ne l'a pas appelée sur son portable, et Manon qui explique patiemment, *elle n'arrivait pas à te joindre, elle a téléphoné au secrétariat il y a cinq minutes*, mais Marie ne comprend toujours pas et vide son sac sur la table à la recherche de ce putain de téléphone, c'est comme ça, tu crois que tu es joignable mais tu ne l'es pas en fait, et la cloche sonne la reprise des cours, et c'est absurde cette cloche qui sonne comme à l'armée, ça n'a aucun sens, et tout le monde doit gentiment retourner travailler parce que la cloche l'indique et qu'on n'a pas le choix, et maintenant c'est une procession de mains compatissantes qui se succèdent sur son épaule et ça lui donne chaud tous ces gens, et elle ne sait répéter que *mais il doit y avoir une erreur il a pris des places pour le spectacle des enfants samedi prochain*, et c'est bizarre parce qu'elle sent bien que dans cette salle étouffante, où chacun déborde d'empathie, où tout le monde a ralenti pour ne pas la brusquer, elle sent bien, Marie, qu'elle est complètement à côté, elle veut parler à voix basse mais elle parle fort et tout le monde l'entend. Elle sait qu'elle n'a plus qu'à ramasser ses affaires, se laisser guider par Manon, prendre sa veste, remonter le couloir à contre-courant des élèves qui l'aperçoivent et crient dans la foule *madame, c'est pas au 37 qu'on a cours ?* Et elle entend Manon qui leur répond avec calme et douceur *allez à l'étude, s'il vous plaît* et ses pensées la ramènent à des choses anodines : ils avaient interrogation, ils auront étudié pour rien, et c'est bête parce qu'elle devait répéter avec ses élèves du théâtre mercredi. Puis, tout à coup, elle pense aux enfants, à Tom qui est à la visite médicale et qu'il faut prévenir, mais Manon la rassure et lui explique qu'Antoine s'occupe de tout, Antoine est là, Antoine ira chercher les enfants. Marie a l'impression de s'enfoncer dans le couloir qui se vide et de ne plus voir aucune lumière, même pas celle de la sortie. Et elle ne peut s'empêcher de se répéter intérieurement *c'est la merde, c'est la merde, c'est la merde*, sa vie, sa vie avec Antoine, sa fatigue, les enfants à gérer, *c'est la merde, c'est la merde, c'est la merde*, et elle a honte d'être aussi égoïste, espérant encore que l'on se soit trompé de personne et qu'elle découvre son père en pleine forme en arrivant chez lui et que tout ceci s'achève dans un fou rire nerveux. Hahaha. Quelle mauvaise blague.

Le cercueil est fermé. Et c'est mieux, paraît-il. Quand elle est arrivée chez ses parents, son père était déjà étendu dans un sac fermé sur une civière dans l'ambulance tandis que le médecin légiste finissait son rapport dans un silence respectueux. Sa mère, prostrée et cigarette en main, lui a dit qu'elle ne pouvait pas le voir, qu'il était trop laid pour être embrassé une dernière fois. Marie a insisté *laisse-moi le voir, s'il te plaît, laisse-moi* et le légiste est intervenu avec le tact dû à sa profession, acquiesçant chaque fois que Liliane répétait en pleurant *il est trop laid, il est trop laid, ce n'est plus lui.*

Devant le cercueil incliné, Marie ne pense qu'à ça. C'est quoi être laid quand on meurt ? À quoi ressemble le visage d'un pendu ? Est-ce comme dans les Sergio Leone qu'elle a vus enfant ? Avec la langue qui sort et le visage bleuté ? Voilà trois jours que Marie traverse le temps sans trouver de réponse à ses questions, mais elle doit bien reconnaître que le corps et l'esprit sont très efficaces dans pareille épreuve. Pour tromper la souffrance, elle a plongé en apnée dans l'organisation et les formalités administratives. De toute façon, le rôle de la pleureuse dévastée est déjà pris. C'est en tout cas ce qu'elle constate au funérarium en voyant sa mère se jeter dans les bras de tous avant de se reprendre avec un soupir de tragédienne ratée. Liliane sanglote tellement que Marie en a les larmes taries. Et puis, peut-on comparer les chagrins ? Est-il plus douloureux de perdre son mari depuis trente-deux ans que de perdre son père ? C'est étonnant car elle n'a jamais pensé à ce genre de choses, les parents, ça meurt vieux normalement, elle se croyait à l'abri, son père était médecin, quand même. Et là, c'est inavouable, elle le sait bien, c'est presque même odieux mais, si elle est honnête, et elle l'est, elle aurait préféré que ce soit sa mère qui décède en premier. Marie regarde autour d'elle, se prête aux condoléances en inclinant la tête, elle se sent usée. Sa mère qui s'effondre bruyamment sur chaque épaule, la lourdeur de la paperasse qui reste à traiter, les enfants, surtout, qui drainent une énergie épouvantable parce qu'ils sont infiniment tristes et qu'il faut bien les consoler d'abord, lui font penser que les traditions ne servent plus à grand-chose. Que fait-on de son chagrin à elle qui entoure et gère ? Peu de cas. On lui donne un médicament pour qu'elle tienne le coup. On s'arrange pour résoudre rapidement les questions taboues. Faut-il dire une messe pour un homme qui s'est suicidé et ne supportait pas la religion ? Faut-il penser au mort ou aux vivants ? Parce que pas de messe, pas de célébration, c'est rien, c'est vide, et c'est encore plus triste. Ne voulait-il pas être incinéré ? Liliane ne sait rien, et Marie s'est énervée, *quand on est mariés on est au courant de ce genre de choses, quand même !* Alors on décide avec les normes de la famille, chez les Lalois on n'a jamais fait grand-chose, quand on est mort on est mort, on cesse d'exister, on redevient poussière, et on regarde des gens creuser une fosse et après on met simplement le cercueil dedans. *Papa n'aurait rien voulu*, a finalement dit sa mère. Et c'est ce qu'il se passera demain, il n'y aura rien, pas de mots, pas de cérémonie, pas de témoignages, juste les proches rassemblés dans un cimetière humide et froid, des proches qu'elle connaît à peine, qui se retrouveront chez Marie pour boire un café infâme et mordre dans un sandwich au gouda sans saveur qu'elle devra préparer demain matin. Qui payera tout ça ? Marie ne le sait pas. Liliane passe son temps à répéter qu'il n'y a pas d'argent de côté, que les comptes sont serrés, que son père dépensait tout. Marie passe d'un pourquoi à l'autre sans obtenir la moindre explication et s'embourbe dans des interrogations qui ne mènent nulle part.

Devant le cercueil incliné, Marie rêve d'être en Grèce ou en Sicile avec des pleureuses voilées et vêtues de noir pour laisser son visage se tordre dans des cris sonores, elle a même songé un moment à s'asseoir près de sa mère et à pleurer plus fort, mais elle doit bien avouer qu'elle n'y arrive pas, quelque chose bloque, elle n'est qu'une machine avec des pensées concrètes. Ne faut-il pas ouvrir une nouvelle boîte de jus d'orange pour apaiser la soif des visiteurs qui s'étranglent d'émotion ? Tout est-il bien organisé ? Qui va s'occuper de Léna au cimetière ? Doit-elle l'emmener dans la rosée grise avec elle pour assister à la mise en terre ? Tom et Jean, ça oui, elle en est sûre, même si Liliane affirme que ce n'est pas une place pour des enfants si jeunes. Là-dessus, Marie s'est montrée inflexible. C'est important qu'ils puissent dire au revoir à leur grand-père. Par contre, Léna, elle ne sait pas si elle aura le courage de la garder dans ses bras parce que Tom et Jean vont avoir le cœur gros, parce qu'Antoine est déjà à bout, elle le sent bien, faut dire qu'ils affrontent cette épreuve sur des réserves bien entamées. Et à cela s'ajoutent les sourires figés, les quelques mots de remerciements à des inconnus, des médecins sans doute, ou de vieux copains que son père ne voyait qu'en congrès ou au golf. Tout le monde pleure, sauf elle. Elle se concentre sur les formules toutes faites qui ne veulent rien dire mais qui sont moins pires que ces questions qu'on lui pose et sur lesquelles elle bute : *mais pourquoi a-t-il fait ça ? Et quoi... il n'a vraiment rien laissé ? Rien ?* Chaque fois, elle tente de dompter l'agressivité qui monte en elle. Elle sait que les gens sont mal à l'aise. Étonnamment, la mort est le plus grand choc de la vie alors que c'est la seule certitude valable que l'on ait. Et rien ne vaut l'hébétude suscitée par ceux qui choisissent de mourir et qui, comble de cruauté, ne laissent pas une trace pour expliquer l'inexplicable.

Charles, le meilleur ami d'Antoine, semble avoir perçu son malaise. Lentement, il s'avance vers elle. *Je suis si triste pour toi*, délivre-t-il dans un souffle. Cette simple phrase, la plus sincère que Marie ait entendue depuis le début des défilés, la bouleverse, et les mots qu'elle voudrait lui répondre restent bloqués dans sa gorge. Il l'embrasse tendrement, fait un signe discret à Antoine et s'éclipse. Marie demeure figée de longues minutes avant d'être rappelée à la réalité par une scène risible devant laquelle elle se dit qu'elle aurait vraiment aimé avoir un frère ou une sœur pour échanger un regard complice face à l'inconnu qui pleure plus fort que sa mère et toute la famille réunie. C'est ce qui se produit là, devant elle, : un homme, au côté d'une femme discrète, se secoue bruyamment devant le cercueil. Antoine ouvre de grands yeux vers Marie qui lui fait signe qu'elle ne le connaît pas.

Liliane jette des œillades inquisitrices vers eux et s'attarde sur la femme. Marie les observe de dos. Qui sont ces gens ? Elle essaie de se concentrer sur autre chose, fixe le carrelage en attendant que ça passe. L'homme éploré sèche enfin ses larmes. La femme s'incline un peu. Il veut bénir le cercueil et, maladroitement, fait le signe de croix à l'envers. Puis, voyant qu'il s'est trompé, recommence dans l'autre sens et envoie des gouttes d'eau bénite un peu partout. Il se retourne, consterné, et va vers Marie. Il lui prend les deux mains et lui dit *ton Papa, c'était mon ami, tu sais*. Marie voudrait lui demander qui il est, mais elle voit sa mère lui lancer un regard noir, alors elle sourit tristement et murmure *merci beaucoup d'être venu*. Elle tend son visage vers la femme qui l'embrasse en lui adressant toutes ses condoléances. L'homme et la femme s'éloignent tandis que Liliane se rigidifie sur sa chaise.

Dans la voiture, quand ils sont enfin prêts à quitter le funérarium, Marie s'assure que Tom et Jean sont bien attachés avant de boucler machinalement sa ceinture. Antoine n'a pas démarré. Il la regarde avec insistance et lui pose la main sur la cuisse. *Tu peux pleurer, tu sais ?* Marie lui fait un sourire crispé et se détourne vers la fenêtre. Elle murmure *j'aurais dû lui demander pour le jardin, j'ai oublié*. Antoine dit *quoi, de quoi tu parles*, mais elle ne répond pas. Il lui presse la main un peu plus fort. Marie se raidit d'un coup, se redresse, tapote la main qu'elle devrait chérir et enjoint Antoine *allez, démarre maintenant, il faut encore aller chercher Léna à la crèche puis donner le bain aux enfants*.

Des jours qui ont suivi, Marie n'en garde pas la moindre trace si ce n'est celle de les avoir traversés en automate désarticulé, veillant à prendre soin de sa mère, des petits et du chagrin des autres. Même Antoine a pleuré plusieurs fois en regrettant la mort de celui avec qui il n'avait pourtant pas tissé de véritables liens, et cela a renforcé Marie dans l'idée que son rôle de mère la rendait visiblement plus forte aux yeux des autres, et qu'elle se devait de mettre sa propre douleur en quarantaine afin d'apaiser en premier lieu celle des siens.

Ce matin-là, chez Liliane, tandis que Jean se trémousse sur le canapé sans trouver la position qui lui plaît, Tom est captivé par ce qui se déroule à l'écran. Marie et sa mère sont assises à la table de la salle à manger, recouverte d'enveloppes. Perdue au milieu de ce courrier, Liliane regarde à droite, à gauche, comme happée par le vide et attrape son paquet de cigarettes. Marie interrompt le geste de sa mère.

— Tu ne vas pas fumer ici alors que j'ai la petite sur les genoux ?

Liliane repose le paquet à contrecœur.

— Si tu savais comme votre génération de bien-pensants persuadés d'être sains me fatigue. Je suis chez moi quand même.

— Tu iras fumer sur la terrasse dans deux minutes, Maman. Les Debord, tu veux leur répondre quoi ?

— Ça m'est égal.

— Ils ont écrit : « Quelle tragique perte… Nous sommes en pensée avec vous et partageons votre douleur. »

— C'est toujours la même chose, rit Liliane nerveusement.

— Forcément ! Que veux-tu que les gens disent ? Bon, j'écris quoi ? s'impatiente Marie, la formule que tu as choisie ou un truc plus personnel ?

— Mets-lui qu'elle partagera ma douleur quand elle sera veuve à cinquante-deux ans.

Marie ne relève pas et s'apprête à écrire lorsque Jean, le visage recouvert par ses mains, la coupe dans son élan.

— Maman ! Y a Tom qui veut pas changer ! J'aime pas Pokémon.

— Ne regarde pas, alors.

— Mais y a un gros laid. Avec sa bouche, il fait comme ça.

Jean ouvre ses deux mains comme une fenêtre et tord sa bouche pour montrer à Marie.

— Change de programme, Tom, ton frère n'aime pas ! Allez, Jean, va choisir autre chose avec ton frère et arrête de tirer sur mon pantalon, tu vois bien que Léna est dans mes bras.

Marie reprend sa tâche et s'applique à écrire « Nos remerciements sincères pour votre sollicitude à l'occasion du décès de Jacques Lalois », elle signe et tend le stylo à sa mère. Liliane prend la carte, y gribouille une vague signature et regarde à nouveau dans le vide. Marie voudrait briser ce mur entre elles, entamer un véritable échange entre deux personnes accablées par la perte d'un être cher, peut-être même pleurer ensemble ? Mais se dresse entre elles le concours invisible du plus grand chagrin que Liliane veut à tout prix remporter et auquel Marie refuse de se prêter, tant elle sent déjà que toute tentative serait vaine. Qu'importe. Elle veut des réponses. Alors elle se racle la gorge et tente une approche.

— Est-ce qu'on peut parler de tout ça, Maman ?

— Je suis fatiguée, Marie.

— J'ai besoin que tu me racontes encore, poursuit Marie qui décide d'ignorer les fins de non-recevoir de sa mère. Tu te souviens exactement de l'heure à laquelle tu l'as trouvé ?

— Évidemment, je te l'ai dit, s'emporte Liliane, il était plus de 8 h 30 puisque le facteur était déjà passé.

Marie attrape d'autres cartes vierges sur lesquelles elle écrit mécaniquement les mêmes mots sans même s'en rendre compte.

— Donc tu ne dormais plus avec lui ?

— Tu en as encore beaucoup, des questions comme ça ? Mais bien sûr que si ! C'est juste que… il ronflait cette nuit-là.

— Et il dormait quand tu as quitté la chambre ?

— Puisque je te dis qu'il ronflait ! Ton père n'a jamais voulu consulter. Ça, les médecins, évidemment… Il n'avait besoin de personne, lui. Il n'avait jamais de problème.

— Et tu n'as rien entendu ? M'enfin, ça n'a pas de sens ! Il était malade ?

— Mais puisque je te dis que non ! Tu m'écoutes au moins ? Tu m'as déjà posé ces questions vingt fois ! Je t'ai dit que je prenais quelque chose pour dormir.

— Oui, mais le matin, tu t'es levée, et… ?

— Et quoi ? s'agace Liliane comme d'une question absurde.

— Tu t'es habillée sans passer par la chambre ?

— Mes vêtements étaient dans la salle de bains. Je les prépare toujours la veille.

— Oui, mais à quelle heure dans la nuit as-tu changé de chambre ? Il ne t'a rien dit avant de s'endormir ?

Léna se met à gesticuler de plus en plus sur les genoux de Marie. Liliane saisit immédiatement l'occasion.

— Elle a faim, cette petite. Donne-la-moi.

Marie observe sa mère se rendre dans la cuisine, hésite à se lever pour la suivre puis finalement s'abstient. Elle connaît sa mère par cœur. Plus elle la brusquera, moins elle obtiendra d'informations. Surtout ne pas se mettre en colère. Elle inspire, appuie du bout de ses doigts sur le haut de sa cage thoracique comme pour faire passer un aliment coincé dans l'œsophage et expire. Elle pourrait casser la table en deux, là, tout de suite. Crier. Hurler. Attacher sa mère pour avoir des aveux. Mais elle sait que ce ne sont pas ses règles du jeu. Elle tend pourtant le cou vers la porte et lance avec le plus de détachement possible :

— Et le couple au funérarium, c'était qui ?

— Quel couple ?

— Le couple, Maman ! L'homme, là, qui a béni le cercueil à l'envers, un barbu.

— Ce n'est pas un couple.

— Mais on s'en fout de savoir si c'est un couple ou pas, c'est qui ?

— Un vieil ami de ton père. Et l'autre, j'aime autant pas en parler.

— Comment ça, tu ne veux pas en parler ? C'est qui cette femme ?

— Une amie de ton père qui a fait médecine avec lui. C'est bon, tu as tes réponses ?

— Mais c'est quoi, tout ce mystère, Maman ?

Silence.

— Maman ? lance-t-elle encore en se dirigeant cette fois vers la cuisine. Maman, c'est qui ?

Liliane farfouille dans une armoire avec Léna dans les bras.

— Mais tu m'ennuies avec tes questions ! C'est qui, c'est qui, c'est qui ? Mais je te l'ai dit. Une fille qui a fait médecine avec ton père, voilà tout !

Marie reçoit l'information et son esprit se met à fonctionner à toute vitesse. Son père. Cette femme.

— Papa avait quelqu'un ?

— Mais arrête un peu avec tes insinuations ! Bien sûr que non !

— Avoue que c'est pas très clair, je ne comprends rien, il n'a même pas laissé de mot ! C'est pas lui de partir comme ça, c'est pas Papa, c'est… Il a bien dû faire quelque chose ou dire quelque chose ! Il ne t'a rien dit ?

— Qui ne m'a rien dit ?

— Mais Papa ! Putain, ne fais pas semblant de ne pas comprendre ! J'ai besoin d'avoir des réponses, je suis là comme une conne, je sais rien, c'est comme chez le notaire, quoi, vous n'aviez pas d'argent ou quoi ? Pourquoi il n'y a rien qui reste ? Je ne comprends pas !

Marie doit s'arrêter, elle ne contrôle plus l'émotion qui la gagne. Liliane revient avec un pot de compote et s'installe avec Léna sur les genoux.

— Non, il n'a rien dit. Rien, conclut-elle, la voix brisée.

Marie se lève brusquement.

— Je ne comprends pas. Franchement, je ne comprends pas.

— Il n'y a rien à comprendre, cingle Liliane tout à coup. Ton père était un égoïste, voilà ce qu'il était, il gérait les comptes comme un enfant, il ne pensait qu'à son métier, c'est ça, la vérité que tu veux entendre ? Ma mère me l'avait bien dit quand je suis tombée enceinte : « Tu sais au moins dans quoi tu t'engages, ma fille ? Tu le sais ? »

Marie contourne la table, attrape les Marlboro de sa mère, fonce dans la cuisine, ouvre la porte-fenêtre et allume une cigarette.

— Il me semblait qu'on ne pouvait pas fumer ? lance ironiquement Liliane.

— Eh bien maintenant on peut.

Marie essaie de se contenir et tire nerveusement sur sa cigarette. Tellement nerveusement qu'elle la grille jusqu'au filtre très rapidement. Elle jette le mégot dans le jardin. Referme la porte-fenêtre et revient s'asseoir à la table. Elle ne lâche pas sa mère des yeux dans l'attente d'un mot, d'une phrase, d'un geste. Rien. Marie n'a pas le courage de se disputer. Elle voudrait l'avoir. Mais elle ne l'a pas. Elle abdique devant le combat. Elle reprend la rédaction des cartes et des enveloppes avec la constance d'une fourmi. De toute façon, si c'est pour entendre sa mère répondre à ce point à côté de la plaque, il vaut mieux ne plus rien dire, faire semblant d'être une gentille fille qui aide sa maman éplorée, sourire poliment à ses trois enfants en tâchant de ne pas s'énerver ni perdre son sang-froid, veiller à être bien comme il faut. Pas celle qui pose des questions dérangeantes et remue la boue. Après tout, elle est venue pour faire des enveloppes et des cartes. C'est ce qu'elle fait. Seule, peut-être, mais les garçons sont sages, et la petite profite de sa grand-mère. Quand elle rentrera, Antoine aura préparé le dîner, ce sera bon même si ça manquera de sel comme chaque fois, ils regarderont un truc à la télé, pas trop compliqué, pas trop prenant, juste délassant. Et la vie reprendra avec ses faux-semblants et ses non-dits et tout le monde fera de son mieux pour retourner à la somnolence d'un quotidien sans saveur. Il suffira d'y croire, et le pansement tiendra. Oui, il tiendra.

Et le quotidien se réinstalle. Lentement. Inéluctablement. Ce dimanche-là, Marie est assise sur le canapé et agite distraitement une libellule multicolore devant les yeux de Léna. Antoine secoue les vêtements chauds tout juste sortis du sèche-linge avant de les plier, et il semble mettre du cœur à l'ouvrage. Les garçons se chamaillent en préparant le plateau d'un jeu de société sur la table du salon, chacun veut le pion bleu, comme d'habitude, Jean ne prétend pas se satisfaire du rouge car il a demandé le bleu en premier, mais Tom ne veut pas céder, et tout ce brouhaha enveloppe Marie dans un nuage brumeux qu'elle ne parvient pas à chasser. Une fois le linge plié et quelques consignes *mettez d'abord le plateau sur la table et préparez les petites souris avec les fromages*, Antoine s'approche de Marie et tapote les coussins. *Tu es sûre que tu ne veux pas jouer ?* risque-t-il avec délicatesse. *Ça te changera peut-être les idées.* Il est devenu une fée du logis, pour peu on l'imaginerait avec un grand plumeau et un tablier à attraper les toiles d'araignée dans les coins. Marie en serait presque mal à l'aise, car elle sait à quel point c'est elle qui d'ordinaire fait tourner la maison. Elle se contente de hausser les épaules et de décliner son offre de la tête, mais Antoine donne l'impression de ne pas la voir, il monologue en s'affairant et s'entête à lui tourner autour. Elle étouffe et sent le poids envahir sa poitrine. Elle sourit, essaie d'être agréable, il est gentil après tout de vouloir qu'elle reprenne sa place dans leur jeu du dimanche, mais ce serait trop dur de faire avancer une souris, de faire croire qu'elle est déçue de tomber dans une trappe ou de se faire manger par le chat. Antoine s'applique maintenant à remettre les coussins bien droits dans le canapé en les frappant vigoureusement, ses gestes amples prouvent qu'il ne perçoit rien du mal-être de Marie. D'ailleurs, il poursuit, insiste encore *surtout que tu reprends l'école demain. Allez, une toute petite partie.* Mais Marie s'en fout et la colère monte, elle ne sait même pas pourquoi, peut-être le tap, tap, tap des coussins ou la présence mielleuse d'Antoine qui l'irritent, et quand il tend la main vers elle comme pour lui donner l'impulsion qui manque, elle se surprend à le repousser et à hausser le ton.

— Arrête, Antoine ! Arrête !

— Mais qu'est-ce que j'ai fait encore ? Je propose simplement quelque chose pour te distraire. Je comprends que tu sois très mal…

— Tu ne comprends rien du tout.

— Mais si, je sais ce que tu ressens, je…

— Ton père est-il mort, Antoine ? siffle-t-elle à voix basse et sur un ton qui lui échappe totalement. Ton père s'est-il pendu ? Tu as perdu qui dans ta famille, mis à part ton grand-père qui avait quatre-vingt-deux ans ?

— Oh, ça va ! T'es pas obligée d'être méchante.

Elle se tait. Elle l'a blessé, elle le sait. Antoine rejoint la table de la salle à manger, prend une voix faussement enjouée *alors, les gars, qui fait avancer le gros chat ?* et s'installe en face des garçons en lui tournant le dos. Il ne voit donc pas qu'elle est terriblement émue par ce qui se délite entre eux et qu'elle ne sait plus quoi faire, pas plus qu'il ne lit dans ses yeux à quel point elle ne fait que se repasser le film de ce fameux lundi soir, essayant de décrypter le moindre geste de son père. *La vie est trop courte*, avait-il dit, il avait donc déjà pris sa décision, c'était un message qu'il lui délivrait, elle cherche, elle cherche, elle cherche sans cesse à se souvenir de lui et tout ce qu'elle voit, c'est son père avec sa casquette en poils de jouet pour chat, son père prostré devant la télé. Pourquoi n'a-t-elle rien dit ? Elle aurait dû. Pourquoi ne s'en est-elle pas inquiétée plus tôt ? Tout ça tourne et tourne dans sa tête, elle ne peut pas jouer à un jeu, c'est impossible, chaque minute est une nouvelle analyse, elle s'y perd, elle s'y noie, et Antoine ne comprend pas que le trou béant laissé par son père l'a rendue tellement misérable qu'elle voudrait juste disparaître sous les coussins bien ordonnés.

Et le lendemain, l'école reprend. Parce que l'on doit. Parce que la loi accorde quatre jours ouvrables pour le décès d'un parent. Parce qu'on est censé faire bonne figure, que souvent les quatre jours débordent sur un week-end, du coup ça en fait six, des jours, six jours qui passent si vite et qui la ramènent à la cloche qui sonne, à l'obligation de s'allumer comme une radio simplement parce qu'on a actionné le bouton ON. Charles est passé à la maison. Il a voulu la convaincre de prendre deux semaines, se chargeait de lui faire un certificat, mais elle a refusé. Il y a tant de choses pour lesquelles elle s'est engagée, elle a déjà raté le spectacle de ses fils et les répétitions de théâtre de l'école, elle veut y retourner. La cloche sera son rythme. Tout le monde y arrive. Pourquoi pas elle ?

Mais pour la première fois, Marie traversera le couloir tête baissée, passera devant la salle des professeurs sans s'arrêter et sentira sur elle quelques regards appuyés. Manon, à qui elle n'a besoin de rien dire, viendra à elle et lui demandera simplement si elle dort un peu, Marie répondra qu'avec ce que Charles lui a prescrit elle tombe comme un cheval mort, et que les nuits sont vides de tout, pas un rêve, pas une pensée, que le réveil est atroce parce qu'elle oublie systématiquement l'horreur pendant quelques secondes, le temps d'émerger et de souffrir de nouveau comme si elle venait d'apprendre la nouvelle. Ce matin-là, elle se glissera dans sa classe telle une ombre chinoise, et à l'instant où elle posera un pied sur le carrelage beige, un silence respectueux et solidaire l'avalera complètement. Pour la première fois en dix ans d'enseignement, les élèves seront assis, droits comme des I, feuille et stylo prêts devant eux, attendant la consigne qui dissipera le malaise. C'est pesant et lourd, et aussi terriblement touchant parce qu'elle sent à quel point ces ados sont démunis face à la mort. C'est avec un humour un peu décalé qu'elle leur dira *si on m'avait dit un jour que vous seriez prêts avant même que j'aie le temps de sortir mes feuilles de mon sac, je ne l'aurais pas cru*, puis elle les remerciera du fond du cœur pour la carte qu'ils ont signée de leurs mots les plus sensibles et, pour la première fois, ressentira une forme de soulagement en poursuivant la matière, rien que ça, la matière, de la théorie à l'état brut que l'on déroule sans penser, juste un écran entre soi et les autres.

Et pourtant,
c'est dans cette immensité que je me suis souvent perdue.
Plus les espaces sont grands
et plus ils offrent des possibilités.
Je crois que c'est ça aussi qui m'angoisse parfois.
Avoir devant soi un espace des possibles trop vaste
fait peur.

Les champs de culture sont d'un brun humide qui se décline à l'infini, et les quelques maisons qui s'invitent dans le paysage baignent dans cette lumière basse, propre à la fin de l'hiver. Marie conduit, les enfants sont à l'arrière. Mais à quelques centaines de mètres de la maison, elle arrête la voiture sur le bas-côté. Encore cette sensation. Marie s'accroche au volant comme si le fait de tenir quelque chose allait permettre à ses poumons de se débarrasser de cette gêne qui l'enserre un peu plus chaque jour. Elle tente de maîtriser la crise, ne pas perdre pied, surtout ne pas perdre pied. Elle inspire profondément et expire sur un rythme qu'elle s'impose. Dans son dos, Tom et Jean s'agitent.

— Pourquoi tu t'arrêtes, Maman ?

Marie essuie ses yeux d'un revers de main et sourit furtivement dans le rétroviseur. Elle n'ose pas trop les regarder, laisse l'air ressortir par son nez, mais elle sent bien qu'elle ne pourra pas leur cacher ce qu'il se passe.

— Tu pleures ?

— Pourquoi tu pleures, Maman ? répète Jean.

— Pour rien, mes cœurs. Il y a des jours comme ça. Maman est très triste, Papyja lui manque.

— Moi aussi, il me manque, avoue Tom avec une petite moue.

— Chez Mamy, c'est plus gai du tout maintenant.

Les pauvres amours. Elle s'est tellement centrée sur sa propre douleur qu'elle n'a pas compris à quel point cela devait bousculer leur vie.

— Mamy est très triste aussi, mes chéris…

— On a joué au Menteur, et elle nous a laissés gagner.

Marie sait à quel point Tom a un sens aigu de la justice. Alors que son frère préférerait remporter la partie quels qu'en soient les moyens, Tom, lui, ne supporte pas la moindre dérogation aux règles. Marie se tait et laisse les larmes couler silencieusement sur ses joues. Tom se penche pour lui toucher l'épaule.

— Comment est-ce qu'il est mort, encore, Papyja ?

— Comme je te l'ai dit, mon chéri, son cœur s'est arrêté.

— Ça va t'arriver aussi, alors ? s'inquiète Jean.

— On ne peut pas savoir. Mais tu sais, Maman va d'abord vivre très vieille.

— Et tu auras quel âge ?

— Ouh ! Au moins quatre-vingt-neuf ans !

— Et moi, j'aurai quel âge à ce moment-là ?

— Toi, Tom, tu seras très vieux.

— Et toi aussi tu me pardonneras jamais si mon cœur s'arrête ?

Marie se retourne brusquement et le regarde avec attention.

— Mais qu'est-ce que tu racontes ? Qui a dit ça ?

— C'est Mamy qui a dit ça à Brigitte.

— Qui c'est, Rigitte ? demande Jean comme s'il raccrochait une conversation qui lui échappe.

— Brigitte, mon Jean, c'est la dame qui nettoie chez Mamy.

Marie revient vers Tom et lui demande avec douceur :

— Qu'est-ce qu'elle a dit à Brigitte ? Tu t'en souviens, mon chat ?

— Qu'elle ne pourra jamais lui pardonner.

— Elle a dit ça sans le penser, rassure Marie. Mamy est très triste.

— Oui, mais toi, tu le pardonnes que son cœur s'est arrêté ?

— Bien sûr, mon chat, Papyja n'a pas voulu ce qui est arrivé… De toute façon, poursuit-elle en prenant conscience de l'importance des mots qu'elle s'apprête à prononcer, on ne peut jamais en vouloir à qui que ce soit d'être mort. La mort, ça fait partie de la vie, Tom. La nature est ainsi faite. Allez, conclut-elle avec une joie forcée, on rentre à la maison ?

— Tu fais des crêpes ? s'excite Jean à l'arrière.

Des crêpes. Putain, des crêpes, maintenant.

— Oui, mon cœur. On va faire des crêpes. Quelle bonne idée.

Les deux garçons jubilent et se régalent d'avance. Elle sent la fatigue s'abattre sur ses deux épaules, il lui reste tant à faire avant d'aller récupérer Léna à la crèche, elle se demande où trouver l'énergie de faire des crêpes dans la légèreté et la bonne humeur alors qu'elle ne rêve que de se glisser sous sa couette ou, mieux, de s'enfuir loin d'ici, de disparaître quelque temps et de ne plus avoir la sensation d'être obligée d'aller bien.

Marie s'active entre le repas à préparer, Léna qui perd patience dans sa chaise haute et les garçons qui courent l'un après l'autre. La cuisine ressemble à un champ de bataille. Elle sait pourquoi. Parce qu'elle a voulu aller vite et faire trop de choses à la fois. Elle a commencé par vider le lave-vaisselle, mais a été interrompue par Tom qui voulait lui réciter la poésie qu'il doit apprendre pour demain, elle a ensuite eu l'idée saugrenue d'imaginer que, pendant la cuisson des pommes de terre, elle pourrait écrire un peu, et a donc ouvert son ordinateur, c'est évidemment là qu'elle a réalisé qu'il n'y avait plus de purée de légumes prête pour Léna, elle a relancé une cuisson de courgettes, Jean est venu près d'elle en disant qu'il en avait marre de peindre et, bien qu'il ait rangé la gouache, il a disposé ses dessins sur l'espace encore vacant du plan de travail pour les faire sécher, occupant toute la place, de l'évier à la corbeille à fruits. C'est une débâcle bruyante, voilà ce que c'est, et pour couronner le tout les garçons se pourchassent, manquant de tout envoyer valdinguer. *Arrête de pousser ton frère, Jean !* tonne-t-elle avec agacement. *Mais c'est lui qui m'ennuie ! Il fait ses drôles de yeux !* geint-il pour se justifier. *C'est même pas vrai !* Voilà. Il est 18 h 50. C'est l'heure. L'heure la plus terrible de la journée. Celle où elle attend Antoine depuis trop longtemps et où chaque minute se charge d'incertitude. Incertitude de tenir bon jusqu'à son retour, incertitude de garder son calme, incertitude de ne pas prendre la tangente pour s'évader en voiture. Elle va craquer, elle le sent. C'est en train de monter. Antoine rentre par l'arrière-cuisine en lançant son traditionnel *Hello hello* guilleret. Les garçons se précipitent vers lui en poussant des cris de joie, chacun voulant accaparer l'attention de leur père *viens voir mes peintures, j'ai eu 10 à ma dictée, viens voir, vite, Papa, vite !* Antoine jette son manteau, ses clés et ses lunettes de soleil sur la table. Il caresse les cheveux de Tom pour le féliciter. Jean lui saute dans les bras. *Comment ça va ? Comment s'est passée cette petite journée ?* Et là, en une seconde, tous les efforts de Marie pour masquer son mal-être se dissipent, l'oppression l'étrangle, elle n'arrive pas à en identifier la cause, est-ce la bonne humeur d'Antoine qui lui rappelle à quel point elle n'en a plus une once ? Ou toutes les affaires qu'il vient de déposer sur la table alors qu'elle l'avait si bien rangée ? À moins que ce ne soit la joie des enfants qui accueillent en triomphe celui qui n'a pas été là ? Elle ne sait pas. Et elle ne parvient même plus à esquisser un sourire. Elle murmure un *comme d'habitude* las, constate que cela ne provoque aucune réaction chez Antoine qui l'embrasse distraitement comme s'il s'en fichait royalement, d'ailleurs, il tape dans la main de Tom et chantonne en se dirigeant vers Léna *et elle est où, ma princesse ? Et elle est où ?* Et Léna, évidemment, agite ses bras et babille devant son père qui s'approche, et tout le monde est tellement radieux que Marie n'en peut plus de cette bonne humeur, elle n'y arrive pas, elle n'y arrive plus, et c'est une violence terrible, que d'en prendre conscience. Alors, elle se reprend et remplit l'air avec les banalités du quotidien *Léna a de nouveau de l'eczéma sur le bras. Tom, range tes chaussures s'il te plaît, il faut que je te le demande combien de fois*, et Antoine, qui continue à faire des bisous à la petite, regarde autour de lui en parlant bébé comme s'il fallait tout lui expliquer *ton frère doit ranger ses chaussures, hein, oui ? Et qui c'est qui a mis tout ce bazar ? Qui c'est ?* Marie se raidit. Là, c'est trop, elle répond sèchement *vas-y pour ranger tout en gérant les trois !* Et Antoine qui rigole, ou qui se moque, et lâche un *je vais t'aider parce que c'est clair qu'on dirait qu'il y a eu un tsunami ici.* Le coup de grâce, c'est parti, c'était presque prévisible, Marie s'emporte, elle ne se retient plus et elle assène du tac au tac :

— Je fais ce que je peux, j'te signale !

— Mais je ne te critique pas ! C'est juste qu'il y a du bordel, c'est tout. Et à l'école, ça a été ? Rien de neuf ?

— T'as déjà vu qu'il se passait quelque chose de neuf à l'école, toi ? Il ne se passe jamais rien dans une école.

— Bah je sais pas, moi. T'as pas vu du monde ?

— Comme d'habitude : Georges, Fabrice et les autres. La même morosité ambiante, quoi.

— Et Manon ?

— On s'est croisées. Je mange avec elle demain midi.

— Ben dis, t'as pas l'air d'avoir passé une bonne journée, tu ne racontes pas grand-chose…

— Qu’est-ce que tu veux que je te raconte ? Je vois les mêmes têtes tous les jours et tu me poses chaque fois la même question idiote.

Merde, elle n’aurait pas dû dire ça. Antoine ne répond pas à son attaque et poursuit, imperturbable :

— Eh bien moi, j’ai été félicité par Goldstein ! Tu sais, pour la présentation de mardi. Le projet pour la firme dont je t’ai parlé. Il était super content de mes plans.

Antoine entame une danse de la victoire en chantonnant *Papa est une bête. Papa est une bête.* Les garçons rient. Il se glisse dans le dos de Marie et l’enlace. *Allez, détends-toi ! Si je te servais un verre de vin ?* Il n’attend même pas la réponse, débouche une bouteille et soulève les couvercles des casseroles. *Qu’est-ce qu’on mange de bon ?* Antoine regarde les deux garçons comme s’il leur annonçait une grande nouvelle. *Du poulet, les gars !* Les garçons rigolent. Marie boit d’une traite son verre de vin, s’en ressert un deuxième, et égoutte les pommes de terre. Antoine remarque l’ordinateur.

— T’as écrit ?

— Non. Comment veux-tu que je me concentre avec les trois ?

— Je ne sais pas. Je vois que l’ordi est allumé, je demande, c’est tout. Tu pourrais écrire ce soir ? J’ai un dossier à finaliser de toute façon.

— Oui, peut-être. On verra. Allez, à table. C’est prêt.

Antoine installe Léna dans sa chaise haute pendant que Tom s’assied et se sert à boire. Le verre déborde. Pour éviter l’eau qui se répand, Jean a un mouvement brusque qui fait basculer sa petite assiette en plastique sur le sol. Marie soupire, excédée, surtout devant Antoine qui reste calme, prenant la situation en main avec détachement. Elle aussi devrait renverser verre et assiette pour qu'il perçoive qu'elle ne va pas bien ? Elle voudrait être étreinte, consolée, protégée. Au lieu de cela, il se rassied et enchaîne sur le même ton badin.

— T'as eu ta mère au téléphone ?

— Oui.

— Et... ?

— Et elle ne parle que d'elle. Comme d'habitude.

— La pauvre. Ça doit vraiment être difficile.

— Oh oui, la pauvre, tiens, elle a dû se racheter des fringues pour quelque huit cents euros, j'ai eu droit à tous les commentaires de la vendeuse et, oh ! elle va réserver des vacances avec son amie Mireille en juillet. C'est vrai que ça doit être sacrément dur.

— Des vacances ? Mais c'est bien, ça ! Ça va lui changer les idées !

— Oui, c'est formidable. Arrête de jouer avec ta nourriture, Jean ! Tu crois que je ne te vois pas ? La vie est belle pour ma mère. Mon père n'est plus là, elle a retrouvé sa liberté. Tu aurais dû l'entendre, on aurait dit qu'elle avait gagné au Loto...

— T'es vache avec ta mère. Tu as pu parler un peu avec elle ?

— De quoi ?

— Je ne sais pas, moi ! De toi, de vous, de la situation.

— Quelle situation ?

— Ben, la situation avec ton père.

— On ne se parlait déjà pas avant, alors...

— Mais peut-être que ça pourrait vous rapprocher ?

— Il n'y en a que pour elle depuis que je suis née, Antoine. Quand je partais au camp scout, c'est mon père qui m'écrivait des lettres, et elle ne les signait même pas. Pourquoi voudrais-tu que ça change ?

— Je ne sais pas, peut-être que tu devrais essayer d'être plus douce avec elle. La solitude doit lui peser.

— Et à moi pas, sans doute ?

— Toi, tu nous as, nous. Elle… tu es la seule personne qui lui reste.

— Tu as raison, ma mère est une pauvre femme esseulée qui a perdu l'homme de sa vie qu'elle ne pouvait plus voir en peinture depuis des années, et c'est elle que l'on devrait consoler.

— OK, OK, j'ai compris. Changeons de sujet.

— Ça veut dire quoi, ne plus pouvoir voir en peinture ? demande Tom.

— Rien, mon grand, Papa et Maman discutent.

— Vous vous disputez ? s'inquiète Jean en triturant le poulet dans son assiette.

— Mais non, répond Antoine. Allez, mange ton poulet. Encore trois fourchettes et tu peux sortir de table. J'essaie juste de dire, reprend-il avec précaution à l'adresse de Marie, que vous devriez prendre soin l'une de l'autre.

— Mais bien sûr ! Elle n'a jamais été capable de prendre soin de moi. Et encore moins maintenant. Elle ne me parle pas, je ne sais pas ce qu'elle fabrique avec les comptes de mon père, elle est évasive chaque fois que je veux des détails, et me pose des questions dont elle n'écoute pas les réponses. Arrêtons les frais, s'il te plaît.

— Tu fais trop la forte devant elle. Peut-être qu'elle ne voit pas…

— J'ai dit que la discussion était close.

— M'enfin, quoi ! Moi aussi, j'essaie de faire des efforts !

— Ah, parce que maintenant que mon père est mort, il faut en faire ?

— T'es dégueulasse, Marie.

— Comme toi. Et tu m'en as bien donné l'exemple ces derniers mois.

Antoine fixe Marie, entre colère et stupeur. Elle devrait s'excuser mais rien ne vient, ses fesses s'enfoncent dans l'assise de la chaise, ses muscles se contractent, elle se sent tout à coup minuscule face à lui, qui opine de la tête avec une grimace de douleur. Brusquement, il se lève de table, les pieds de la chaise font crier le sol, il balance son assiette qui se fracasse dans l'évier et quitte la pièce. Marie se tait. Puis observe les enfants, têtes baissées, qui ont presque cessé de respirer. L'abîme qui semble maintenant s'ouvrir à pic dans sa poitrine provoque un tel vertige que ses mains s'accrochent à la table, presque inconsciemment, juste quelques secondes, le temps d'affronter le gouffre et de laisser la peur d'être aspirée se dissiper.

Marie est dans son lit, son ordinateur portable sur les genoux. Elle fixe l'écran pendant de longues secondes, relit plusieurs fois la phrase qu'elle a écrite « *longtemps je me suis sentie la seule survivante* ». Le curseur qui clignote est une invitation à poursuivre, et pourtant ça bloque. Elle est tellement épuisée qu'elle se demande soudain ce qu'elle fout. Parce que, finalement, elle en a un de métier. Qu'elle aime. Et elle gagne sa vie tout à fait correctement. Alors pourquoi vouloir à tout prix écrire ? Surtout si rien ne vient. Pourquoi en rêve-t-elle depuis des années ? Elle fait glisser ses doigts sur le bord des touches, enlève les fines poussières d'une caresse. Déjà vingt-trois heures. Il faudrait dormir, elle le sait. Car, même si Léna passe maintenant des nuits complètes, même si, depuis quelques semaines, Marie essaie de se mettre au lit un peu plus tôt pour avoir au moins sept heures de sommeil, les matins sont rudes, les paupières lourdes à ouvrir et la fatigue inexorable. Antoine arrive en pyjama et se couche à ses côtés. Il la regarde longuement avant de parler, comme s'il voulait se faire pardonner, Marie le sent, mais elle n'a pas envie de faire un effort, ni d'expliquer ce qui s'est passé tout à l'heure, elle n'a pas le courage de lui dire qu'il ne capte rien à sa peine, qu'il tape à côté chaque fois, il veut bien faire, c'est évident, mais cette maladresse lui est devenue insupportable, elle voudrait qu'il l'entoure, qu'il la porte, qu'il n'oublie pas ce qui s'est passé, qu'il se pose les mêmes questions qu'elle, qu'il l'aide à les résoudre, et, surtout, qu'il arrête de s'inquiéter davantage pour sa belle-mère que pour sa propre épouse. À cet instant, il cherche à faire amende honorable pour l'assiette brisée dans l'évier, il réfléchit à ce qu'il va dire. Sans doute va-t-il s'excuser. Il l'a fait auprès des garçons, Marie l'a entendu leur expliquer que parfois les grands aussi s'énervent et peuvent perdre un peu le contrôle. Elle ne bronche pas et reste le regard fixé sur le curseur agaçant.

— Alors ? Ça donne quoi, ce futur roman ?

Marie referme l'ordinateur d'un geste sec. Donc, il ne va pas s'excuser.

— Rien.

— Rien du tout ? Pas d'idées ce soir ?

— Rien.

Marie dépose l'ordinateur sur sa table de nuit et éteint la lumière de son côté.

— Écoute, je suis désolé pour la manière dont je me suis comporté après la naissance de Léna. Je n'étais pas bien et… je sais que tu as traversé ces premiers mois toute seule et…

— N'en parlons plus. C'est trop tard et je m'en fous.

Pourquoi a-t-elle dit ça ? Qu'est-ce qu'elle a, nom de Dieu ? Elle espère la paix et elle fait tout pour ne pas l'avoir. Même leurs disputes minables ne se résolvent plus d'elles-mêmes. Fut un temps, il suffisait à Antoine de faire sa petite mine de chien battu en venant près d'elle pour qu'elle s'attendrisse et oublie aussitôt. Cette capacité de réconciliation qui était leur force semble avoir été rayée de la carte du couple. Antoine se rapproche d'elle.

— Viens dans mes bras.

Marie se blottit contre lui à contrecœur. Elle devrait être franche, elle devrait lui dire qu'elle ne sera pas là pour lui pendant des semaines, des mois peut-être, qu'elle ne peut plus envisager la tendresse ni l'amour, que ça n'a plus de sens quand on porte la mort en soi, qu'elle est fâchée d'avoir été si seule si longtemps et qu'elle reviendra quand elle l'aura décidé. Et pourtant, elle le laisse poser sa main sur elle, elle lui laisse croire que tout est encore possible malgré les tensions, malgré l'assiette brisée, malgré ce foutu temps qui passe et qui bousille ce qu'elle croyait indestructible. *Et si on partait aussi en vacances ? Tous les deux, sur une plage, un cocktail en main... On prendrait le soleil...* C'est la première fois qu'Antoine propose de partir. Elle a attendu des années qu'il prenne l'initiative, qu'il l'emporte vers un ailleurs lointain, faisant fi de ses réticences financières ou familiales. Mais là, bizarrement, alors qu'elle devrait être touchée, sa proposition tombe à plat. *Et les enfants ?* Il la serre contre lui. *Ils iraient chez mes parents. On en profiterait pour faire des siestes, lézarder toute la journée, se faire des câlins.* Il l'embrasse. Ah, la voilà, la vraie raison ! Elle se montre probablement injuste envers lui, mais il faut avouer que la coïncidence éveille ses soupçons. Antoine a de grands besoins d'affection et, pour remplir son quota d'amour hebdomadaire, il serait prêt à tout, même à lui faire miroiter des vacances. Elle aurait dû tenir le compte de toutes les promesses qu'il a faites et oubliées sitôt leurs corps enlacés. Et elle s'en veut, parce qu'elle voudrait redevenir la Marie d'avant, d'avant la naissance et la mort, quand tout semblait encore léger et simple et que la plupart des difficultés se réglaient presque d'elles-mêmes. Antoine se serre encore plus contre elle, elle sent son érection contre sa cuisse, il est prêt. Il lui embrasse délicatement le visage. Le front. Les paupières. Les joues. *Tu veux du cinq étoiles ou tu veux juste un petit menu rapide, mais agréable ?* Alors qu'elle sent monter en elle l'indignation face à une telle alternative où il repart gagnant à tous les coups, Marie s'entend répondre *je veux bien la version light.* Elle n'a pas envie, pas comme ça, pas maintenant, cette question est d'ailleurs la preuve qu'il ne pense qu'à lui, mais c'est trop tard, Antoine a démarré au quart de tour. Elle essaie de se concentrer sur chaque sensation, le désir vient parfois en route et la surprend, et puis ça sera rapide et peut-être qu'avec quelques gestes savamment prodigués, elle pourra se laisser aller un peu, relâcher la tension dans son corps et savourer l'étreinte. Mais elle comprend très vite qu'elle peine à le rejoindre là où il est déjà, elle pense une seconde à tout arrêter, crier *je ne peux pas, je ne veux pas, je n'ai pas envie*, mais cela lui paraît tellement blessant à avouer à Antoine qui devient de plus en plus entreprenant. Comment peut-il ignorer qu'il se frotte contre une planche en bois ? Peut-être qu'il pense que son désir suffit pour deux, qu'il faut se forcer un peu, elle ne sait pas, mais la manière dont il la caresse devient tellement envahissante qu'elle se retourne rapidement, enlève elle-même sa culotte afin de lui indiquer clairement qu'il vaut mieux ne pas traîner. Antoine ne semble pas vouloir remarquer quoi que ce soit, sans doute emporté par son désir, il la prend en la serrant fort contre lui, et elle attend qu'il jouisse en fixant un point sur le mur en face d'elle. Exactement au même rythme que le curseur qui clignote.

Assise près d'une fenêtre qui donne sur la place, Marie a commandé un verre de vin blanc, après tout, merde, ce n'est pas un verre qui va la tuer. Elle a choisi une petite table dans un coin, à l'abri des regards, elle a l'impression de porter les stigmates du suicide sur son front, et elle croit entendre les gens chuchoter parfois, *oui c'est elle, c'est la fille du docteur, quelle horreur, dis, c'est terrible, et il n'a rien laissé, pas un mot*. De toute façon, elle est devenue transparente, elle n'a plus de contours, elle s'est diluée, délavée au cours de ces dernières semaines, et il n'y a que la nuit, lorsqu'elle sombre sous les effets des comprimés, qu'elle se repose quelques heures dans l'oubli. Elle a pris son cahier Atoma avec elle pour attendre Manon et, pourtant, elle le laisse fermé sous sa main. Elle n'a plus aucun désir d'écriture, car que raconter après l'indicible ? Elle avait pris tant de notes sur la naissance, sur la vie et sur sa transformation de femme devenue mère, et maintenant, cela n'a plus de sens, la violence l'a emporté sur la mise au monde, comment pourrait-elle encore aborder quelque chose de sublime alors qu'elle se sent définitivement salie par le vide laissé par son père ? Un sentiment flou et diffus tourne en boucle dans sa tête, elle tente d'en dessiner les pourtours, cette femme au funérarium, par exemple, elle n'avait pas l'air si triste, or, si elle était la maîtresse de son père, elle aurait dû être éplorée. Marie interrompt sa pensée. Qu'il est dérangeant de songer à la sexualité de son père. Il était marié avec sa mère, voilà la réalité dont son esprit s'était contenté – comme si le mariage était un filtre empêchant l'amour ou la passion de naître encore. Finalement, et elle n'en prend conscience qu'à cet instant, elle n'a jamais été qu'une enfant face à son père, et ni sa propre union ni sa maternité n'ont modifié cet état de fait. Elle n'a pas cherché à le connaître en tant qu'homme, elle ignore ce qui a pu l'animer, ce qui l'émouvait ou le révoltait au plus profond de lui. Et elle se rend bien compte que vivre avec des fondations à ce point ébranlées s'avère de plus en plus périlleux.

Enfin Manon arrive tout sourire, éclatante de vie, elle véhicule quelque chose de beau, une sorte de légèreté nonchalante qui impressionne Marie. Elle la suit des yeux avec envie, la regarde s'installer, c'est si lumineux une femme qui se sent belle. Elles commandent toutes les deux un verre de blanc, un de plus, culpabilise Marie, et elles trinquent à l'incroyable histoire d'amour de Manon avec Dimitri. Marie l'écoute, heureuse de célébrer ce nouveau départ, Manon déborde de projets et d'enthousiasme, imagine déjà leur futur emménagement et surtout le désir indomptable d'un enfant rapidement. Marie répète *profite, profite de cette vie à deux, les enfants ça peut attendre*, mais Manon est toute à ses fantasmes de famille, à ce petit garçon qui aura les boucles brunes de son père et *oh je sais, je suis rapide, mais c'est une telle évidence, je sens que c'est le bon, tu comprends ? Mais excuse-moi, je suis trop nulle... Je ne parle que de moi, je suis déjà tellement mal de ne pas avoir été plus présente pour toi ces trois dernières semaines.* Marie lui sourit, elle comprend, c'est normal, *t'es amoureuse, tu ne vois plus que lui* et Manon rougit de bonheur, *oui, c'est vrai qu'il prend toute la place dans ma vie, je m'en rends compte et je ne sais pas lutter*, alors Marie la rassure *tout le monde passe par là, c'est un sentiment extrêmement fort qui dure deux ou trois ans. Non, mais c'est vrai*, s'exalte-t-elle en enfournant une bouchée généreuse de l'assiette qui vient d'être déposée, *ça va être formidable, vous allez nager dans le bonheur, vivre votre couple intensément, peut-être vous marier, acheter une maison, la rénover, la décorer, faire un beau bébé, puis un deuxième, puis rénover encore, puis*, elle s'interrompt pour déglutir avec difficulté, *au bout de quelques années, tu verras que tu t'es oubliée, que tu ne sais même plus qui tu es, que tu te trouves moche, que plus personne ne te drague, que ton homme est finalement comme les autres, et tu feras comme moi les soirs où il a envie et pas toi, tu feras un effort pour lui faire plaisir et tu attendras que ça se finisse.* Marie n'a pas le temps de prendre conscience de ce qu'elle vient de dire que Manon presse sa main avec empathie *oh ben dis donc, ça va vraiment pas fort, ma chérie.* Et le flot de Marie se déverse. Et dans son sillage, la vérité. C'est la première fois qu'elle l'énonce avec tant de clarté *je suis complètement paumée. Je suis au volant de ma voiture et j'ai de drôles de sensations. Je suis obligée de m'arrêter parce que je n'arrive plus à respirer, et je sais ce que tu vas me dire, que c'est normal, que Léna n'a que cinq mois, qu'Antoine hésitait pour cette grossesse, qu'il a mis du temps à s'y faire, que l'enseignement, c'est exigeant et usant, que mon père est mort et que toute cette violence mettrait à mal n'importe qui. Mais je suis en train de m'éteindre. Je n'aime plus passer du temps avec les enfants, ils m'énervent, je n'ai plus aucune patience. L'école me rend dingue. Toutes ces réunions pour ne rien dire ! Et Antoine... Antoine, il m'agace parce qu'il fait tout ce qu'il peut et moi, je n'arrive plus à le rejoindre. Je ne veux plus rentrer chez moi. Je bloque systématiquement au même endroit sur la route. Je ne comprends pas ce que je fais dans ce couple où je ne ressens plus rien, les couples, c'est de la connerie finalement, regarde mon père, qu'est-ce qu'il devait vivre intérieurement pour en arriver là ? Pourquoi est-ce qu'il ne m'en a pas parlé ? Je suis en colère, tu comprends ? Non, je suis folle de rage qu'il n'ait rien dit. Rien laissé. Rien. Et je m'en veux encore plus de n'avoir rien vu, d'avoir été tellement centrée sur ma petite vie bourgeoise que je l'ai laissé couler. Je suis là comme une conne avec mes blessures d'enfance et putain, il est parti et c'est trop tard, tu comprends, c'est trop tard !* Marie se sent tout à coup épuisée, elle entend Manon la réconforter, lui conseiller d'aller en parler à Charles, leur médecin de famille, même s'il est le meilleur ami d'Antoine, avec lui, elle trouvera des solutions, il faut qu'elle arrête de faire la forte, d'ailleurs ne lui conseillerait-elle pas la même chose si elle était à sa place ? *Peut-être bien, oui...* mais Marie travaille cet après-midi, il y a la réunion avec les collègues, puis elle doit discuter avec ses élèves du voyage à Paris en fin d'année, c'est important, ça la tient debout. *Si tu le dis*, glisse Manon, mais Marie veut s'en sortir toute seule, elle n'est pas la première qui perd son père quand même, *allez, changeons de sujet.*

Fais-moi encore rêver avec ton Dimitri... J'ai besoin d'entendre de belles histoires aujourd'hui.

Marie se tait et se nourrit des anecdotes de Manon qui la font vibrer par procuration. Elle voudrait tant aimer et être aimée encore de cette façon. Avec cette fougue des débuts, cette joie qui vous renverse et vous comble entièrement. Elle voudrait le souffle coupé, le manque d'appétit, le creux chaud et enveloppant qui se forme dans un ventre amoureux et affamé de l'autre, elle voudrait qu'Antoine retombe amoureux d'elle, là, aujourd'hui, qu'il l'écoute pendant des heures, qu'il ne résiste pas à l'envie de caresser sa peau, qu'il la surprenne, qu'ils soient à nouveau vierges d'un passé commun, débarrassés de la somnolence de l'habitude. Mais elle n'est même plus sûre qu'ils puissent revenir aussi loin en arrière, renaître en duo complice et balayer d'un revers le couple usé, retoucher les émotions premières, comme si l'on effaçait les années dévorées par le temps qui passe. Le constat est amer et triste : elle se sent prise au piège d'une histoire banale, celle vécue par tant d'autres, il suffit qu'elle regarde autour d'elle les couples attablés pour s'en convaincre, ils sont peu nombreux, ceux qui s'aiment encore vraiment au point de se tenir la main ou de laisser le silence se repaître de regards enflammés. Finalement, elle s'est emmurée dans un univers qui donne l'illusion qu'à deux on est plus fort alors que la solitude est partout, de plus en plus aiguë, de plus en plus insoutenable.

Après le déjeuner, Marie est retournée avec des pieds lourds à l'école. Elle est arrivée en avance au local 22, prenant la peine de disposer quelques bancs en carré afin que la réunion soit plus conviviale. C'est fou ce qu'il peut y avoir comme réunions. Des réunions qui devraient faire avancer les choses. Mais maintenant qu'elle est assise parmi ses collègues, elle gribouille nerveusement sur une feuille en essayant de ne pas être contaminée par l'animosité ambiante. Le scénario est invariablement le même : un combat entre les anciens et les modernes qui se balancent de part et d'autre des phrases et réflexions avec l'impression de participer au débat politique du dimanche midi. Sans doute est-il urgent pour chacun de trouver un sens à ce qu'il fait, et ce, quoi qu'il fasse. Marie voit bien que Georges se crispe, ses sourcils sont froncés, il martèle le banc avec la tranche de la main dès qu'il prend la parole *puisque je vous dis qu'on ne peut pas évaluer correctement si on ne revoit pas la grille que l'on utilise !* Et les anciens s'emportent, chacun visant son instant risible de gloire *mais tu racontes n'importe quoi ! Depuis quand faut-il détailler toutes nos évaluations ? Pourquoi toujours remettre en question un système qui fonctionne très bien ?* Et Marie se concentre sur les ronds noirs qu'elle forme machinalement sur sa feuille, jetant des coups d'œil à Georges qui s'agite en répétant *je vous dis qu'on va être obligés de le faire ! On n'a pas le choix !* Le ton monte, certains soupirent et essaient de calmer le jeu, mais Daubré, qui semble être dans cette école depuis dix siècles, se laisse déborder et se met à vociférer *je ne compte rien changer ! Je ne vais pas encore me remettre en question pour une administration qui ne connaît rien à la réalité ! Et ça, Georges, tu peux le mettre dans ton rapport !* Georges s'indigne immédiatement *se remettre en question mon vieux, ce n'est pas pour l'administration ! C'est du bon sens professionnel, pour aller de l'avant et adopter la bonne attitude avec nos élèves !* Marie sent qu'elle vacille, elle s'était juré de rester tranquille et de ne pas rentrer dans la bagarre. Elle observe la joute tandis que Daubré tape du poing *parce que tu crois qu'ils se remettent en question, eux ? Moi, je viens, je donne cours, ils prennent ou ils ne prennent pas, et je rentre chez moi. C'est ça, la réalité. Alors, les compétences, les nouveaux programmes, les conneries, j'ai passé l'âge !* Georges fulmine, Marie peut voir ses narines qui s'écartent et les jointures blanchies de ses doigts cramponnés au banc. Ça devient violent, et Georges a raison, mais elle sait que c'est vain, c'était couru d'avance avec la présence de Daubré à la réunion, impossible d'avancer avec un type pareil, il n'a pas volé son surnom de dinosaure et, s'il le pouvait, il réinstaurerait les châtiments corporels. Marie tente un petit clin d'œil à Georges pour désamorcer les choses, que c'est con ces réunions, et c'est ça le plus frustrant, ils gaspillent leur énergie, ils s'emmerdent à organiser des moments de réflexion comme celui-ci où ils ont l'impression d'avoir leur mot à dire, mais la vérité, c'est qu'ils n'ont aucun pouvoir, la décision revient toujours à la direction. Des pions dans une administration rigide, voilà ce qu'ils sont. Georges déclare sur un ton acerbe *t'as raison, t'as raison, reste comme tu es ! C'était tellement mieux avant.* Et on tente de calmer le jeu *allons, allons, allons, ne nous égarons pas, chacun a droit à son point de vue.* Et tout à coup, Marie ne sait pas ce qui s'agite en elle, mais tout ce bruit et toutes ces voix qui s'entremêlent commencent à la dépasser complètement, elle a la sensation d'assister à un combat de coqs devant lequel on l'aurait ligotée, elle regarde sa montre, tâche de garder son calme, de suivre ce qui se dit et, au moment où elle va prendre la parole, elle s'entend hurler *non, mais vous vous rendez compte à quel point on n'en a rien à foutre ? Ça vous remplit, vous, toutes ces conneries ? Parce que moi pas !* Elle se lève, ramasse ses affaires dans un silence ahuri, se dirige vers la porte et, avant de sortir, se retourne et lâche, glaciale, *de toute façon, vous vous faites chier pour rien avec les nouvelles compétences ! Dans trois ans, ils auront changé d'avis !* Et elle claque la porte.

Elle ira se calmer aux toilettes, se mettra de l'eau froide sur le visage pour reprendre ses esprits, elle observera ses mains qui tremblent et elle se demandera ce qu'ils disent maintenant qu'elle a quitté le local. Elle est sûre qu'ils parlent d'elle, *elle ne va pas bien, son père sans doute*, précisera Georges dans sa bienveillance, et les autres hocheront la tête avec un air entendu comme s'ils pouvaient comprendre ce qui bout en elle.

La cloche sonne et oblige Marie à affronter sa classe. Elle n'est pas en état de se tenir devant vingt-six adolescents, mais elle relativise, elle va discuter avec eux de Paris, de leur projet, de leurs envies, ça va aller, et puis cinquante minutes, ça passe vite. Les élèves sont à peine installés qu'elle démarre :

— Avant de commencer, j'aimerais vous apporter quelques précisions sur notre voyage à Paris. Comme vous le savez, nous partirons deux jours après les examens de fin d'année. Les dates exactes sont les 22 et 23 juin, et nous serons accompagnés par la classe de M. Chêne et par celle de Mlle Rondia. Mais pour réserver, nous avons besoin de savoir combien d'élèves comptent s'inscrire. Levez le doigt, ceux qui sont déjà certains de partir.

Les élèves se regardent sans bouger.

— Donc ? poursuit Marie, presque imperturbable.

Cinq à six doigts timides se lèvent.

— C'est tout ? C'est quoi cette histoire ? En février, vous étiez tous motivés ! Lucie ? Jérémy ?

— Ben, c'est-à-dire que, finalement, je crois pas que mes parents seront d'accord, explique la jeune fille avec gêne, parce que je fais un stage de danse début juillet, et…

— Moi, répond Jérémy, je n'avais pas bien retenu les dates, mais maintenant je sais que M. Lemaire propose une sortie dans un parc d'attraction, et…

— Et quoi ? demande Marie sèchement, c'est vachement plus chouette d'aller voir Astérix que de visiter le Louvre ?

Les élèves se mettent à parler tous en même temps.

— C'est pas ça, m'dame, se justifie Jérémy.

— Ça va tomber le week-end du beach-volley, madame, explique Thomas, et…

— Bah oui, ce n'est pas en semaine, alors on va perdre le week-end, poursuit Pauline.

— Forcément que ce n'est pas en semaine ! Je travaille jusqu'au 30 juin, moi ! Je ne comprends plus, les gars !

C'est vous qui me l'avez demandé ! Vous m'avez suppliée de vous organiser un truc ! J'ai déjà prévu des visites, j'ai une réservation pour un car, j'ai… s'interrompt-elle en s'apercevant qu'elle est presque en train de leur hurler dessus. Non, mais c'est vrai quoi, se radoucit-elle, c'est quoi cette excuse du week-end ? Si on perd des jours d'école, c'est bon, mais si c'est sur vos congés, ça ne va pas ? Bon, allez, ce n'est pas grave. Ça me rend triste mais ce n'est pas grave. Qui vient, alors ?

Cinq doigts se lèvent.

— Bon, je verrai avec mes collègues. Je vais noter vos noms. Bertrand, Delmotte, Evrard, Pollet et Hanzig… OK, mais vous êtes sûrs de venir ? Vous avez demandé à vos parents ?

Une des élèves qui a levé le doigt marmonne vers sa voisine.

— Qu'est-ce qu'il y a, Camille ?

— Je dis juste qu'il faut que j'aie toutes les infos pour être certaine.

— Tu les auras en fin de semaine. Je croyais que vous en aviez tous parlé chez vous… C'est vous qui me l'aviez demandé, quoi, c'est vous qui rêviez de ce voyage ! Bon, allez, prenez votre cours, on va continuer sur les droits de la femme.

Elle se sent anéantie. C'est ridicule. Elle ouvre sa farde au mauvais endroit. Allez quoi, c'est ridicule. Elle cherche ses feuilles. Les larmes lui montent aux yeux et elle n'ose pas relever la tête. *Donnez-moi deux secondes. Faut juste que je trouve…* Elle se lève, prend sa craie et inscrit au tableau : *1953 – Invention de la pilule.* Lit le titre à voix haute. A de plus en plus de mal à maîtriser sa voix qui s'étrangle. Elle se retourne, attrape le plus naturellement possible un mouchoir dans son sac, pense pouvoir faire croire qu'elle a juste un début de rhume, se mouche et redresse la tête face aux élèves. *L'invention de la pilule donc*... Et elle fond en larmes. D'un coup. Fort. Sans réserve. D'une manière totalement incontrôlable. *Excusez-moi*, essaie-t-elle d'articuler entre deux sanglots, *excusez-moi, ce n'est rien, ça va passer*. Mais elle sait que ce n'est pas rien. Elle sent à quel point un fleuve en crue est sur le point de déborder d'elle, de tout ravager, d'étendre ses limites et de la recouvrir entièrement. Les élèves la regardent, interdits. Elle pleure si fort qu'elle ne peut plus prononcer un mot. Un élève ose murmurer affectueusement *vous voulez qu'on aille chercher quelqu'un, madame ?* Elle parvient juste à faire non de la tête. Elle s'est assise à son bureau, consciente qu'elle se déverse devant des élèves qui ne comprennent rien de ce qui se joue et qui la regardent pourtant avec une infinie tristesse. Lucie demande *c'est parce qu'on ne part pas à Paris, madame ?* Et cette simple phrase la fera pleurer de plus belle, *ce n'est pas votre faute, mes chéris, ce n'est pas votre faute, ce n'est pas Paris, c'est mon Papa, donnez-moi deux minutes, c'est mon Papa, c'est bête, occupez-vous un peu, ça va bien finir par passer*.

Et les larmes couleront sans discontinuer sur son visage épuisé. Elle aura l'impression d'être redevenue élève à son tour, les rares fois où, prise d'un mal de ventre, elle posait la tête sur ses bras en attendant que sa mère vienne la chercher. Mais il est loin, ce temps-là, elle n'a plus de mots, elle n'a plus de voix face à ses étudiants, impuissants et respectueux, qui s'occupent en silence. Elle restera ainsi dans le temps qui se dilate infiniment, elle restera ainsi jusqu'à ce que cette satanée cloche retentisse, elle restera ainsi jusqu'à ce que cette satanée cloche la délivre enfin.

Marie a rasé les murs des couloirs pour rejoindre le parking, s'est engouffrée dans sa voiture, à l'abri. Elle devrait démarrer, mais elle n'y arrive pas. La honte s'est abattue sur elle. Pourquoi a-t-elle imposé ce spectacle à ses élèves ? Elle aurait dû quitter la classe. Mais quitter la classe, c'était faire étalage de l'étendue de toute sa misère devant les collègues, peut-être même la direction. Et quelle misère, puisqu'elle est assise dans sa voiture incapable de faire quoi que ce soit. Elle pensait que ça irait mieux dehors. Elle croyait que pleurer serait suffisant. Mais le fait d'être sortie du bâtiment, d'avoir la réalité oppressante du monde autour d'elle, d'être incapable d'arrêter son esprit qui lui martèle tout ce qui doit encore être accompli la fige. D'abord les enfants, aller les récupérer dans quarante minutes, ne pas oublier le pain, courir acheter un nouveau bonnet de piscine pour Tom, se rendre compte qu'elle a oublié de décongeler de la viande pour ce soir, qu'elle est en retard dans ses corrections, que le repassage l'attend, que Léna a rendez-vous chez la pédiatre, que Jean doit amener demain deux bouteilles de lait vides qu'elle n'a pas pour le bricolage de la fête des mères, qu'il y aura les devoirs de Tom, qu'il serait bien qu'elle passe à la pharmacie acheter du sirop pour la petite, qu'elle n'a pas posté le courrier ce matin, qu'elle n'est plus compétente, qu'elle ne parvient plus à jongler avec les tâches, que l'agenda n'en finit plus de se remplir, que chaque chose ajoutée est un poids qui l'alourdit, qu'elle lutte tant et tant pour ne pas boire la tasse, qu'elle doit être bien faible pour être à ce point fatiguée, qu'elle voudrait rester là, dans sa voiture, pendant des jours, ne pas en sortir, qu'elle étouffe de cette chose qui lui enserre la poitrine, que ça lui remonte dans la gorge comme si ses organes tentaient une échappée belle, qu'elle respire trop vite, elle le sent, mais elle manque tellement d'air qu'elle pense qu'elle ne va pas même réussir à mettre la clé dans le contact, son cœur est broyé dans un étau, il se passe quelque chose, elle s'asphyxie, elle se remet à pleurer nerveusement, essaie d'attraper son téléphone et appuie sur le nom d'Antoine, *faites qu'il décroche, faites qu'il décroche.* Elle entend sa voix mais n'arrive pas à articuler un seul son. Antoine répète *Marie ? Marie, ça va ? Je ne t'entends pas ?* Dans un souffle, elle prononce un *Je* qui s'éteint avec les sanglots, Antoine hausse le ton, *qu'est-ce qui passe, Marie ? Ça ne va pas ? Marie ?* Il crie maintenant dans le téléphone, *où es-tu ? Que se passe-t-il ?* Et ses cris l'agressent, la bloquent encore plus et elle l'entend qui répète *tu es où, là ? Bon sang, tu es où ?* Elle ne sait pas comment ça sort mais elle dit *dans ma voiture* et Antoine s'énerve plus fort *ce sont les enfants ? Y a quelque chose avec les enfants ?* Et Marie baisse la tête, elle voudrait disparaître dans son siège, elle chuchote *non, je... je n'arrive pas à conduire* et évidemment Antoine s'emporte *comment ça, tu n'arrives pas à conduire ?*

Marie ? Mais qu'est-ce qui se passe, bordel ? Et ça la fait pleurer plus fort qu'il se fâche, pourquoi se fâche-t-il ? *Je transpire... J'arrive pas à respirer... Je pleure sans m'arrêter.* Et Antoine qui poursuit sur le même ton, comme si tout était simple *mais calme-toi, nom de Dieu, respire un bon coup ! Et qu'est-ce que tu fais dans ta voiture ? T'es devant l'école ? Mais va chercher de l'aide !* Et elle entend qu'Antoine répète ses symptômes à quelqu'un *elle transpire et elle pleure. Elle dit qu'elle n'arrive plus à respirer.* Et puis elle entend la voix directive de Charles *passe-la-moi*, et Antoine qui répète dans le téléphone *Marie, tu fais un malaise ? C'est cardiaque ? Je suis avec Charles* et Marie rejette sa tête en arrière et essaie d'ouvrir la fenêtre, il lui faut de l'air, il n'y a plus d'oxygène dans l'habitacle, elle va mourir là, sur un parking d'école, et elle serre le portable contre son oreille et Charles hurle *putain, Antoine, c'est qui le médecin ici, passe-la-moi, maintenant !* Et tout à coup, c'est la voix de Charles, une voix posée, qui ne crie pas, qui énonce les choses d'une manière si douce *Marie ? C'est Charles. Tu vas regarder droit devant toi et fixer un point. Marie, écoute-moi. Je vais respirer avec toi. On inspire. On expire. Lentement. Prends ton temps. Concentre-toi sur la fin de l'expiration et le début de l'inspiration, tu vois comme ça se fait tout seul ? Il y a toujours de l'air qui revient. Ne lâche pas le point. Respire. Comme ça, oui, prends ton temps. Que regardes-tu ? Le bouton de l'air conditionné ? Parfait. On continue. Inspire. Doucement. Expire. Inspire. Expire. Souffle tout doucement, comme si tu voulais éteindre la flamme d'une petite bougie. Tu es où, là ? Respire calmement et dis-moi où tu es. Devant l'école ? Est-ce que tu crois que tu peux retourner à la salle des professeurs ? C'est pas grave, reste dans ta voiture, je vais te repasser Antoine et on va venir te chercher. Non, tu n'as pas à être désolée. On arrive. Tu ne bouges pas, d'accord ?* Charles passe le téléphone à Antoine et elle l'entend de loin *on va prendre ma voiture. Essaie de la rassurer.* Et le son est encore plus étouffé. Est-ce qu'Antoine essaie de masquer le micro ? Elle croit distinguer *c'est quoi, ce bordel ? Elle fait un malaise cardiaque ?* Et Charles qui le reprend avec condescendance *c'est une crise d'angoisse, Antoine.* Et Antoine, incrédule, qui répète plusieurs fois *une crise d'angoisse ? Mais pourquoi ?* Et Charles qui s'énerve *mais t'es con ou quoi ? Son père s'est pendu, Antoine, tu comprends un peu ? Parle-lui maintenant. Et gentiment.*

Marie restera en ligne avec Antoine jusqu'à ce qu'ils arrivent, et quand ils seront là, elle se sentira humiliée de les avoir fait se déplacer pour rien. Le poids a presque disparu et elle a plusieurs fois tenté de leur dire de faire demi-tour. Charles a été intransigeant. Elle ne le connaissait pas comme ça, il suit la famille depuis qu'elle est mariée avec Antoine, c'est un bon médecin, mais il a toujours été tellement proche d'eux qu'elle n'aurait jamais osé lui confier ses propres soucis. Et pourtant, il l'a prise en charge dans le véritable sens du terme, déployant sur elle un sentiment de protection qui lui a permis de retrouver un peu d'air, de reprendre pied. Il insistera pour l'emmener avec lui tandis qu'Antoine les suivra avec sa voiture. Il ne dira pas grand-chose, mais au bout d'un kilomètre, il posera sa main sur celle de Marie, et la pressera avec beaucoup de douceur, tellement de douceur que Marie en aura instantanément les larmes aux yeux.

— C’est épuisant, hein ?
— Je me sens comme dans du coton.
— C’est normal. Ton corps t’envoie un signal. Ce n’est pas la première fois, n’est-ce pas ?
— Non, mais ça n’a jamais été aussi fort.

Une fois à la maison, Marie monte dans sa chambre avec Charles pour qu’il l’ausculte pendant qu’Antoine organise le retour des enfants avec Liliane. Charles sort son stéthoscope, lui demande de déboutonner un peu son chemisier, et Marie prend conscience qu’il y a dans ce geste une telle intimité, une telle féminité qu’elle a chaud tout à coup, comme si son désir, qu’elle pensait éteint depuis des mois, se réveillait et enflammait ses joues. Charles est très professionnel, mais Marie sait, elle le sait depuis toujours, que Charles et sa droiture, Charles et sa solitude, Charles et ses yeux si bienveillants ne sont pas indifférents à ses charmes. Il y a même eu une sorte de combat de coqs entre les deux amis quand ils ont fait la connaissance de Marie. Mais très vite, et elle n’a jamais su pourquoi, Charles a cédé la place à Antoine, sans manifester la moindre déception. À l’époque, et bien que sensible à l’intelligence et au charisme de Charles, elle se souvient d’avoir pensé que, s’il abandonnait si facilement, c’est qu’il n’y avait rien de sérieux possible entre eux. Charles a toujours été un coureur de jupons, incapable de s’engager véritablement, et si Marie doit bien reconnaître qu’elle l’a toujours trouvé beau, elle sait qu’elle n’aurait pas pu faire confiance à un tel séducteur. Elle a toujours voulu être l’unique. Et Charles n’est pas en mesure d’offrir ce genre de fidélité. Mais à cet instant, l’étincelle se ravive, ou peut-être est-ce une infinie tendresse qui la lie à lui. Il y a dans ses gestes sûrs quelque chose de profondément touchant et rassurant, elle pose sa tête sur l'oreiller, il fait mine de prendre sa température en lui caressant la joue, elle lui sourit et il lui fait un clin d'œil en retour. Il lui parle à voix basse, l'interroge, l'écoute vraiment, elle l'inviterait bien à s'allonger près d'elle tant ils évoquent sa vie intérieure. Il cherche à comprendre ses crises, s'intéresse aux toutes premières manifestations, aux raisons qui les provoquent, il parle en lui tenant la main, l'accompagne dans ses questionnements, les pourquoi sans réponse, le silence de sa mère, la pression qu'elle s'inflige à reprendre une vie normale, comme s'il fallait oublier la mort, oublier la perte et la douleur insoutenable que cela engendre. Il dit qu'il est temps qu'elle ait une discussion avec Liliane, que tout passera par là, que, si elle le souhaite, elle peut venir à son cabinet – Charles suivait son père depuis sa retraite, mais il préfère tout de même qu'elle parle avec sa mère –, qu'il lui impose deux semaines d'arrêt, qu'il lui fait une injection d'un calmant, qu'à partir de demain elle sera sous antidépresseurs, juste le temps de l'aider à prendre du recul, et que maintenant elle doit dormir et se laisser chouchouter. Il replace une mèche de ses cheveux avec délicatesse. L'embrasse sur le front, se lève et lui sourit avant de refermer la porte derrière lui. Marie se recroqueville dans son lit, elle aurait voulu qu'il reste encore un peu, qu'elle puisse fermer les yeux en sachant qu'il était là, qu'il lui tienne encore la main parce que personne ne l'a rassurée ainsi depuis longtemps, elle n'a pas pour habitude d'être couvée, c'est si agréable, surtout quand c'est Charles, elle se revoit, à vingt ans, danser contre lui à une soirée, persuadée que quelque chose allait naître entre eux, qu'il allait compter dans sa vie, mais Charles en avait fait danser une autre après elle, et une autre encore, et c'est finalement Antoine qui l'avait ramenée et qu'elle avait embrassé cette nuit-là. Comme quoi, les rencontres se jouent à rien. Le destin a cette impolitesse prétentieuse de toujours se présenter sans avoir été annoncé. Et la seule liberté qu'il nous reste est de décider de la manière dont on y répondra.

La lumière du matin perce à travers les stores. Marie distingue les voix de Tom et de Jean, des bruits de cavalcade dans les escaliers comme au loin. Ses paupières peinent à s'ouvrir, contrairement à la porte qui, elle, s'ouvre à pic, laissant apparaître Antoine avec Léna et les deux garçons. *Marie ? Chérie... ? Tu as fait le tour de l'horloge. Faut qu'on se grouille, je rencontre un nouveau client à neuf heures tapantes. C'est ta mère qui ira chercher les enfants et qui les ramènera. Je serai de retour vers dix-huit heures. Essaie de te reposer, d'accord ?* Tom grimpe sur le lit. *Tu as mal où, Maman ?* Elle s'accroche à ce petit bout d'homme apeuré et l'étreint en se voulant rassurante. *Maman n'a pas mal, mon cœur, elle est juste très fatiguée.* Jean est resté au bord du lit, il l'observe avec ses grands yeux inquiets. *Jean ? Faut pas avoir peur. Tu viens faire un bisou à Maman ?* Jean bondit sur le lit et la couvre de baisers, mais Antoine le rappelle à l'ordre. *Allez, les gars, laissez Maman, on doit y aller.* Léna tend son corps vers Marie, on dirait presque qu'elle pédale dans les bras de son père, Antoine la penche vers Marie pour un baiser furtif, et la petite se met à pleurer dès qu'il la retire. *Allez, on y va, non, Léna, Maman doit se reposer.* Elle lance des bisous vers les enfants, s'arrache un sourire épuisé, et elle écoute le brouhaha du départ avec beaucoup d'attention et, doit-elle bien l'avouer, un immense soulagement. Le calme. Le silence. Elle se lève, descend se faire un café, remonte dans sa chambre. Elle prend sur l'étagère une boîte en carton coloré, s'assied sur son lit et ouvre le couvercle. Des photos d'elle et les garçons, bébés. Photos d'anniversaire, de soleil sur la peau, de bonhommes de neige. Puis, plus loin, plus ancien, photos de vacances de Marie petite fille, souriante et espiègle. Sur l'une d'elles, Jacky la taquine et lui tire une natte. Elle regarde plusieurs clichés à la suite : son père et elle devant les rosiers de la maison, son père la portant sur ses épaules, son père la tenant par la main à sa communion solennelle tandis que Liliane, l'air crispé, se tient un peu à l'écart. Quelques photos de famille plus récentes avec son père et sa mère, sa remise de diplôme, ses fiançailles, son mariage. Photos toujours très heureuses quand elle est avec Antoine. Dans le fond de la boîte traînent quelques rebuts, de ces clichés flous, mal cadrés, surexposés, qu'on refuse pourtant de jeter. Marie ne les a pas en mémoire, et c'est précisément pourquoi ils deviennent soudain intéressants, ils dévoilent des détails qu'elle n'a jamais remarqués, comme cette série à la réception de son mariage où les invités sont photographiés sur le vif, un verre en main, en pleine discussion de groupe ou en train d'avaler un petit-four. Et sur une de ces photos, son père. Il est en haut à droite, de dos, et parle avec un homme de son âge. Marie regarde de plus près. C'est le type du funérarium. Il n'a pas encore de barbe, mais elle voit bien que c'est lui. Cet homme était à son mariage ? Elle n'en a pas le moindre souvenir. Elle plisse les yeux comme pour mieux le voir, mais il n'y a aucun autre détail qui pourrait l'aider à l'identifier. Elle pose la photo sur la table de nuit, elle en parlera à sa mère, ça, c'est sûr, elle doit savoir qui il est, il est temps qu'elles parlent. Elle l'a laissée respirer deux mois depuis le décès mais à présent, elle va forcer la discussion, l'obliger à dire la vérité. Et elle a beau entendre la voix de son père, toujours à justifier le comportement de Liliane, *elle est froide parce qu'elle a reçu peu d'amour, tu comprends, sa mère l'a complètement rejetée quand elle était enfant, puis elle a coupé les ponts lorsqu'on s'est mariés, elle en souffre beaucoup mais elle ne le dira jamais ouvertement*, elle prend conscience qu'il est temps qu'elle arrête de lui trouver sans cesse des excuses et de ronger son frein en silence. Il faut qu'elles s'expliquent. Oui, ça, c'est une bonne décision. Dès qu'elle en aura l'occasion, elle lui parlera.

Marie reste longuement assise en tailleur, son regard glisse du lit à la fenêtre. Il y a un air de printemps qui fait frémir les arbres, et la lumière douce de la nature qui éclot envahit la pièce. Elle amorce un mouvement pour se lever, mais elle revient à sa position initiale. Au moins, de là, elle peut contempler l'immensité de la campagne qui l'entoure. Et pour la première fois depuis des semaines, cette étendue infinie lui fait un peu moins peur.

Voilà quelques jours que Marie est à la maison sans savoir quoi faire de son temps. Elle dort quasiment toute la journée, s'efforçant de se déconnecter dès que les enfants partent à l'école. Mais plus elle se repose, plus elle se sent fatiguée. La veille, Antoine lui a suggéré d'écrire, *c'est une chance, cette pause, profites-en pour faire ce que tu veux*, était-ce malhabile ou est-il encore plus à côté de la plaque qu'elle ne le pensait ? Cela dit, c'est vrai qu'elle pourrait écrire. Prendre le temps pour faire ce qu'elle a tellement repoussé à force de fausses excuses, d'emploi du temps surchargé ou de manque d'inspiration. Mais rien ne vient, ni le jour ni la nuit, et même quand la maison est vide et silencieuse, il lui semble que le bruit l'entoure et la confond dans un épuisement sans fin. Elle a si souvent espéré ce temps pour elle, ces longues minutes sans qu'un enfant l'appelle ou qu'il y ait un impératif ou une tâche ménagère à accomplir. Seulement, elle reste prostrée dans son lit, protégée par l'édredon ou par la télévision qui déroule ses programmes abscons. Et en même temps, il lui semble que plus rien ne l'atteint, ni la douleur, ni les interrogations non résolues liées au décès de son père. En sortant de la douche tout à l'heure, elle a osé se regarder dans le miroir, et elle a bien cru que cette vision allait définitivement l'enterrer vivante. Ses hanches, son ventre, ses seins, ses cuisses, un sexe qu'elle a presque oublié, autant de formes molles qu'elle voudrait voir se raffermir sans avoir le moindre courage de se prendre en main, de manger moins ou faire ne serait-ce qu'un peu de sport. C'est une silhouette désolante qu'elle observe devant le lavabo, et cette image est tellement violente et loin de son idéal qu'elle en viendrait presque à vouloir disparaître tant l'objectif lui semble impossible à atteindre. Même son visage n'est plus le sien, pigmenté de ces taches de grossesse qui ne s'estompent pas et criblé de pores qui se dilatent bien trop vite. C'est ça, la réalité de sa maternité. Elle porte sur sa peau les marques d'une troisième mise au monde qui l'a définitivement abîmée.

Et une autre épreuve est celle de voir les aiguilles de l'horloge tourner rapidement, si rapidement que, très vite, le temps n'est plus vaste ni illimité mais tout simplement avalé par le néant qui l'habite, déjà 14 h 50, merde, il ne reste plus que quarante minutes avant que sa mère débarque avec les enfants. Marie a eu beau essayer de faire entendre à Liliane qu'elle pouvait reprendre Léna à la crèche à la limite autorisée, c'est-à-dire à 18 h 30, afin de lui éviter de se retrouver coincée, durant toute la fin d'après-midi, avec les trois enfants, les siens, ceux qu'elle a pourtant choisi d'avoir, elle n'a pas réussi à s'imposer, et quand sa mère a lâché avec l'évidence de ceux qui détiennent la vérité *pauvre petite, tu ne vas quand même pas la laisser à la crèche alors que tu es à la maison ?* Marie s'est tue, déjà coupable d'y avoir seulement songé, ce n'était visiblement pas l'attitude d'une bonne mère, il était grand temps qu'elle se reprenne et qu'elle se consacre à ses enfants.

Depuis plus d'une demi-heure, Jean et Tom ont entrepris de construire une base Lego dans le salon et s'occupent comme deux grands. Léna est couchée sur son tapis de jeu et tente d'attraper ses pieds, et Marie s'est installée de côté sur le canapé afin de voir tout son petit monde. Pourtant, elle ne parvient pas à en profiter tant elle est crispée par Liliane qui s'agite autour d'elle. La photo de l'homme est posée bien en vue sur la table basse. Une évidence que Liliane ignore avec une aisance déconcertante.

— Je t'ai fait de la soupe. Il faut que tu manges.

— C'est gentil, Maman, plus tard peut-être.

— Tu dois reprendre des forces. Ce n'est pas normal d'être épuisée comme tu l'es.

— Je ne suis pas bien.

— Je vois ça que tu n'es pas bien ! Et Charles, qu'est-ce qu'il dit ?

— Que c'est à cause du décès de Papa.

— Et c'est pour ça que tu as besoin de ces crasses ? souligne-t-elle avec acidité en pointant du doigt la boîte d'antidépresseurs.

— Des crasses ?

— Tu trouves ça logique, toi, de devoir prendre ça à ton âge ?

— Parce qu'il y a un âge pour prendre des antidépresseurs ? Je fais confiance à Charles.

— Et ça fait combien de temps que tu es dépressive ? Je ne comprends pas, chez nous personne n'a jamais été…

Liliane achève sa phrase d'un geste dédaigneux de la main. Un geste qui pousse Marie à se redresser vivement dans le canapé.

— Tu veux dire quoi par là, exactement, Maman ? Finis ta phrase !

— Mais tu sais bien… La dépression, c'est une maladie qui…

— Qui quoi, Maman ? Vas-y, dis-le ! Qui est pour les faibles, c'est ça que tu veux dire ?

Liliane soupire comme devant une calamité.

— Mais je ne suis pas en dépression par choix, Maman !

— Visiblement si, puisque tu dois prendre des médicaments ! Je ne fais que constater ce que je vois. Et je vois bien que tu n'as toujours pas fait le deuil de ton père.

— Parce que toi, tu l'as fait, peut-être ? En deux mois ? Mais qu'est-ce que t'es forte, dis donc…

— J'ai tourné la page, Marie. C'est ce qu'il faut faire. Et si ça n'allait pas, tu n'avais qu'à m'en parler.

— Parce que tu t'intéresses à moi, maintenant ? Je t'ai posé des tonnes de questions, mille fois j'ai essayé de discuter avec toi, tu ne réponds à rien ! Tu ne racontes que tes conneries d'achats ou de voyage ! Ça fait combien de temps que tu t'en fous de qui je suis, de comment je me sens ?

— Dis donc, ma petite fille, tu vas me parler sur un autre ton !

— Je ne suis plus ta petite fille ! Et je vais te parler sur le ton que je veux ! J'en ai marre de tes sous-entendus !

— Ouh, mais on ne peut plus rien te dire, à ce que je vois ! Je reconnais bien là ton père ! Quelle belle éducation il t'a donnée !

— Quoi ? Quelle éducation ? Heureusement qu'il a été là !

— J'ai été une mère dévouée ! Tous mes choix, je les ai faits en fonction de toi, de ton bien-être, de ta vie !

— À quoi ça sert puisque c'est pour me le reprocher ? Tu crois que je n'ai pas compris que j'avais été un poids pour toi ? Tu crois que, gamine, je ne remarquais pas déjà que tu étais bien plus jeune que Papa ? Mais fallait avorter, Maman ! Tu sais ce que j'ai fait ce matin ? J'ai regardé des photos de Papa, de nous, de vous... Il n'est souriant que quand il est avec moi ! Toi, plus les années passent et plus tu pends la gueule, on dirait que tu te fais chier comme un rat mort ! Pourquoi n'es-tu pas partie si tu ne l'aimais plus ? Pourquoi tu ne dormais plus avec lui ? Et c'est qui le type, là, sur la photo ? Pourquoi ne faisiez-vous jamais rien ? Ils sont où, vos amis ?

Liliane remet nerveusement les plis de sa jupe en ordre.

— Ton père était dévoué à son métier.

— Tu as quand même l'art de ne jamais répondre aux questions que l'on te pose, hein ? Et toi, Maman ? T'as fait quoi toutes ces années ? T'étais où ? J'ai sans doute pas dû vouloir regarder la réalité en face, mais quand je vois le malheur que tu trimballes, ça ne m'étonne vraiment pas que...

— Ça ne t'étonne pas que quoi ? hurle Liliane qui s'est levée avec plus de rigidité qu'un piquet que l'on dresse.

— Ça ne m'étonne pas qu'il se soit pen...

Marie n'a pas le temps de prononcer la dernière syllabe du mot interdit que la main de Liliane s'abat sur elle et la gifle.

— Ne t'avise plus jamais de dire ça devant moi, tu m'entends ! Et encore moins pour m'en rendre responsable !

Léna s'est mise à hurler ; Tom, qui a tout suivi, se relève lentement et attrape la main de son petit frère, qui sanglote devant leur construction. Marie prend Léna dans ses bras, s'approche de sa mère et murmure sèchement :

— Pars d'ici, tout de suite. Pars d'ici avant que je t'en colle une à mon tour. Tom, mon chéri, demande-t-elle avec douceur, tu veux bien emmener ton frère dans ta chambre, s'il te plaît ?

Les deux garçons traversent tête basse le salon et montent à l'étage. En une seconde, Liliane change de ton :

— Tu ne peux pas dire ça… Excuse-moi, le geste est parti tout seul…

— Casse-toi, Maman. Casse-toi !

Liliane rassemble ses affaires et se met à pleurer.

— Il y a trop de choses que tu ne sais pas pour que tu puisses comprendre. Trop de choses. Oh, mon Dieu ! C'est si compliqué, c'est… Je sais qu'il faudra qu'on en parle. De cet homme aussi sur la photo. Mais là, je suis si fatiguée.

Marie l'ignore et chuchote des mots tendres à l'oreille de Léna.

— C'est difficile pour moi d'en parler, tu comprends, c'est…

Marie ne regarde même plus sa mère et se contente de chantonner *câlin-câlinette* dans les joues de Léna. Liliane cherche à capter son regard, quelques mots semblent encore vouloir jaillir, mais elle articule dans le vide. Elle approche une main de l'épaule de Marie, la retire avant même d'avoir osé la toucher, et sort.

Marie serre Léna contre elle et la câline longuement. Assise sur le bord du canapé, elle se berce plus elle-même qu'elle ne berce sa fille. Elle reprend son calme, lève la tête et remarque les quatre petits pieds qui se sont figés en haut de l'escalier et qui ne savent plus s'ils doivent monter faire semblant de jouer ou descendre pour réconforter leur maman. *Venez près de Maman, mes chéris. Je crois qu'on a tous besoin d'un gros câlin.* Marie a le cœur fendu de voir Tom qui refrène ce qu'il ressent pour ne pas effrayer son frère, et Jean dont les yeux sont emplis de larmes et qui ne peut empêcher sa petite mâchoire de trembler.

Elle essaiera dans les minutes qui suivent de trouver les mots justes pour raconter la vérité avec simplicité alors que rien n'est simple, elle leur rappellera que Papyja les aimait très fort mais qu'il avait choisi de partir. *Comment il a fait ?* a demandé Jean plusieurs fois. Marie demeurera d'abord interdite. Faut-il expliquer la corde ? Ont-ils entendu le début du mot avant la gifle ? Cela lui semble trop brutal. Elle tentera de minimiser les faits, parlera de grande tristesse qui ne se voit pas mais qui s'installe dans le cœur, de médicaments, en songeant que les détails pratiques de l'acte pourront sans doute attendre un peu que les petits grandissent et posent des questions plus précises. Elle les serrera beaucoup contre elle, avouera son questionnement, le chagrin envahissant, les rassurera en répétant qu'ils n'en sont pas responsables, que ceux qui choisissent de mourir l'ont décidé fermement et qu'on ne peut rien y faire, que Papyja sera toujours là, au Ciel et dans leur cœur, qu'il ne voulait pas leur faire du mal, que l'on devait respecter son choix, qu'il les protégerait toujours et qu'ils allaient s'aimer très fort pour surmonter tout ça, qu'elle allait aller mieux, qu'ils devaient la croire et que non, jamais, jamais, elle ne ferait la même chose. Non, jamais. Quelle idée.

Ce soir-là, les enfants se sont couchés sans histoire. Au retour d'Antoine, Marie lui a rapporté toute la scène. Il s'est énervé parce qu'il trouve qu'ils sont trop jeunes et qu'elle aurait pu au moins le consulter avant. Comme souvent ces derniers temps, Marie se sent jugée alors qu'elle est sûre d'avoir adopté la bonne réaction, les enfants ne sont pas stupides, ils voient bien que quelque chose ne tourne pas rond et, de toute façon, ils ont assisté à la dispute avec sa mère. C'est pire de faire semblant, elle sait de quoi elle parle puisqu'on a fait ça avec elle toute sa vie, elle ne reproduira pas les mêmes erreurs, mieux vaut la vérité crue à la pseudo-tranquillité de l'ignorance. Antoine a maugréé, il aurait juste voulu être prévenu plutôt que mis devant le fait accompli. Mais bien sûr, a-t-elle failli répondre, et la prochaine fois tu ne veux pas que je t'envoie une invitation ?

— Et tu vas faire quoi, alors ? s'enquiert-il nerveusement en sortant des dossiers de son sac.

— J'ai appelé Charles. Il suivait Papa depuis sa retraite. Il a son dossier médical. Il m'attend à vingt et une heures après ses consultations.

— Un dossier médical, c'est quoi cette histoire ?

— Je ne sais pas justement, c'est pour ça que j'y vais.

— Et tu es sûre que ça ne va pas être pire d'aller remuer tout ça ?

— J'ai besoin de savoir.

— Oui, mais ça vaut peut-être la peine d'attendre que…

— Arrête, Antoine ! Tes peurs déteignent sur moi, elles me tuent !

— Mais, putain, j'ai quand même le droit de me tracasser pour toi ! Qui s'est retrouvé il y a une semaine à perdre son après-midi parce que madame faisait une crise de nerfs dans la voiture ?

Marie a l'impression qu'on vient de la gifler une seconde fois. Elle jette un regard noir à Antoine.

— T'es vraiment un connard. Ou tu es bête, ce n'est pas possible de ne rien comprendre à ce point.

— Comment ça je ne comprends rien ? Aide-moi à comprendre dans ce cas ! Tu ne vois pas que tout ce que tu fais a une incidence sur moi ? Sur nous ?

— Écoute, si je ne creuse pas ce truc, c'est moi qui vais crever. Alors, soit tu es derrière moi, soit je fais ça dans mon coin et je ne t'en parle plus. J'en ai marre de faire tout toute seule. Tu voudrais quoi, en plus ? Que je te remercie d'avoir pris neuf mois pour te sentir la force de me soutenir ?

— Ah ! Le voilà, le fond du problème, hein, oui ?

— Évidemment qu'il est là, le fond du problème ! Tu avais dit oui pour Léna et j'ai vécu cette grossesse avec un mari fantôme !

— J'étais obligé de dire oui ! Je n'avais aucune chance d'être écouté si je n'allais pas dans ton sens.

— J'étais enceinte, Antoine ! Tu aurais voulu quoi ? Que j'avorte ? À trente-deux ans ? Alors qu'on a l'argent, qu'on est une famille, qu'on est un couple solide, enfin, ça c'est encore à prouver !

— Et revoilà la méchanceté ! Pas étonnant finalement… T'es bien la fille de ta mère !

— C'est bon, j'ai compris. Charles m'attend.

— Oui, c'est ça ! Charles te comprend, Charles t'aide beaucoup…

— Il fait en effet preuve de beaucoup plus de compréhension que toi !

— Ça, c'est sûr ! Il n'a pas à supporter ton hystérie tous les jours !

Pour Marie, c'est trop. Elle sent une telle bouffée de colère qu'elle ramasse ses affaires, quitte la pièce et claque la porte de la buanderie avec rage. L'air frais ne la calme pas, au contraire, la terrasse négligée avec les ronces et les orties qui colonisent les quelques bacs à fleurs délavés et fendus achève de la mettre hors d'elle. Elle se surprend à donner un coup de pied dans le pot en faïence de l'hortensia desséché qui valdingue et se brise en mille morceaux. Le bruit la ramène à la réalité coupable de ce qu'elle est en train de faire, elle déguerpit, monte dans sa voiture et démarre en trombe. Elle a la sensation de ne plus rien maîtriser, ni la mécanique enrayée de son couple, ni ses pics de colère qui lui donnent l'impression qu'elle pourrait tout démolir sur son passage. Elle téléphone à Manon, il faut qu'elle lui parle, qu'elle lui raconte, que sa voix chaleureuse la rassure un peu. Mais tout ce qu'elle entend, c'est le répondeur, *Manon, c'est moi. Je suis en route vers chez Charles, je…* elle ne sait pas poursuivre, se met à pleurer à gros sanglots, *on vient de s'engueuler avec Antoine. Je veux savoir ce qu'il y a dans ce dossier médical, je…* elle renifle bruyamment, essaie de se reprendre, articule un *tu veux bien me rappeler quand tu as ce message*, jette le téléphone sur le siège passager et accélère. Avec la vitesse elle pourra peut-être fuir au plus vite tout ce qu'elle ressent.

Dans la salle d'attente, Marie ne patientera pas longtemps avant que Charles sorte du cabinet avec son dernier patient. Charles l'embrassera et la serrera contre lui, un peu trop longtemps, sans doute, mais cette étreinte est tellement inattendue qu'elle profitera quelques instants d'être entourée de bras forts et rassurants. Elle ne lui cachera ni la photo de l'inconnu ni la dispute avec sa mère, et quand Charles lui demandera si elle est bien sûre de ne pas vouloir retenter auprès de Liliane avant qu'il lui explique ce qu'il sait, elle s'emportera comme un cheval qui rue et qui piétine de ses sabots la poussière, *écoute, accouche, c'est bon, là. Tu vas me dire quoi ? Qu'il avait un cancer ? C'est ça ? Il était en phase terminale et il a préféré la corde à la morphine ?* Charles ne répondra rien à cette ironie maladroite, lui tendra le dossier médical en affirmant *tu ne trouveras pas grand-chose là-dedans. Je ne suivais ton père que depuis deux ans. Je ne sais pas qui il consultait avant. Comme on dit, les cordonniers sont toujours les plus mal chaussés.* Marie ouvrira le dossier et y trouvera toutes sortes de documents : des résultats d'analyses de sang, des papiers divers, des documents hospitaliers et une lettre où figure l'en-tête de l'unité d'hospitalisation Claude-Mormet-Addictologie. Elle marmonnera en tournant les feuilles *c'est quoi ce truc*, lira plus attentivement tout en s'agaçant *c'est quoi ce bordel ? Addiction à quoi donc ?* Elle cherchera dans le regard de Charles une explication, ne parviendra pas à rassembler les éléments qu'elle a sous les yeux tant tout ça lui semble loin de son père, comme s'il s'agissait de la vie d'un autre homme. Charles dira *tu te rappelles que, deux semaines avant son suicide, ton père t'a dit qu'il partait faire un tournoi de golf avec des amis médecins ?* Marie continuera à tourner les pages du dossier, vérifiera plusieurs fois l'étiquette nominative, répondra distraitement, *oui, dans le Sud, je ne sais plus exactement où, à Antibes, peut-être, mais*, puis relèvera la tête, se figera devant Charles qui affirme simplement *il n'était pas dans le Sud. Il était ici tout près, dans cette unité de soins pour une hospitalisation volontaire*. Marie aura alors l'impression de revivre la scène de l'annonce de sa mort, d'entendre des mots d'une autre langue, parce que croire son père au golf alors qu'il était hospitalisé est totalement absurde, elle n'a plus dix ans quand même, c'est quoi cette histoire d'hospitalisation volontaire ? Et puis la phrase tombe comme un couperet qui décapite sa pensée *ton père avait un gros problème d'addiction au jeu, Marie.*

Elle sera plus incrédule qu'abasourdie, il lui semble que c'est parfaitement con, qu'on vient de lui dire qu'il était mort d'un rhume, que tout ça n'a pas de sens, elle s'entendra s'étonner *au jeu ? Mais qu'est-ce que c'est que cette histoire ? Mon père n'a jamais eu de problème de jeu, il ne supportait pas ça*, elle s'interrompra et dévisagera Charles qui se tait et la regarde se débattre dans un marécage. Elle poursuivra sa pensée *il ne voulait même pas m'acheter de Subito... tu sais bien, le jeu à gratter, je m'imaginais gagner le gros lot*, sa voix se brisera à la seconde où elle comprend, où tout à coup des milliers de petites pièces s'assemblent entre elles, où les fils se relient et tissent une toile inattendue qu'elle découvre dans la vérité que Charles vient de déposer devant elle. Et alors le temps s'arrêtera quelques secondes, elle essaiera d'encaisser, *est-ce possible que je n'aie rien vu ? Pourquoi ne m'ont-ils rien dit ? Pourquoi avoir fait semblant ? Quel est le rapport avec son suicide ?* Charles toussera pour éclaircir sa voix, lui tendra le paquet de Kleenex comme il doit le faire si souvent dans son cabinet, et prononcera la sentence *je crois qu'il était à bout. Il a eu visiblement de longues périodes d'abstinence mais il avait sombré à nouveau. Je pense que cette hospitalisation était un dernier ultimatum de ta mère. Le mercredi qui a suivi son suicide, j'ai reçu son dossier médical avec un petit mot.* Et Charles le lui donnera, ce mot de la main de son père, avec cette écriture qu'elle aime tant, cette écriture fine et intelligente, emportée vers l'avant, ce mot sera tout à coup un trésor, des lettres formées qui subsistent, une preuve de qui il était, elle lira à voix haute les derniers mots de son père, gagnée par la colère qu'il ait pris la peine d'écrire à Charles et pas à elle : « Cette unité de soins ne me convient pas. Je ne supporte plus la condescendance de certains membres du personnel soignant quand ils m'appellent "docteur". Je vais trouver une autre solution. Ne t'inquiète pas pour moi. Et merci pour ton aide. P.-S. : Je te renvoie ce dossier. Garde-le et remets-le à Marie, seulement si elle le réclame un jour. » *Seulement si* est souligné trois fois, et devant cette injonction stupide Marie s'emporte *pourquoi tu ne m'as rien dit ? Tu es notre ami, Charles, et tu ne m'as rien dit ?* Charles remue sur sa chaise, elle perçoit le malaise dans ses mouvements, il s'explique *quand j'ai reçu ça, j'ai longuement hésité. Je ne savais pas si je devais te le donner puisque ta mère ne t'avait rien raconté. J'ai pensé qu'elle allait t'en parler et que tu viendrais chez moi. Je n'avais pas pensé que ça prendrait deux mois.* Marie se redresse tout à coup sur sa chaise *et Antoine est au courant ?* lâche-t-elle en fixant le dossier qu'elle tient entre ses mains. *Non. Secret médical.* Marie ne bouge pas et répète *mais toi, tu savais. Toi, tu savais. Maman savait. Tout le monde savait, en fait.* Elle se lève et met sa veste, elle pourrait s'effondrer là, mais l'injustice la tient debout et rigidifie ses muscles. Charles contourne son bureau et s'approche d'elle. *Je suis désolé. J'étais son médecin.* Elle se penche pour attraper son sac d'un geste brusque, secoue le dossier vers Charles *je peux le reprendre ?* Charles acquiesce d'un signe de tête, l'accompagne jusqu'à la porte, il murmure *je suis tellement désolé, Marie*, elle lève les yeux vers lui, elle est si fatiguée, comme rompue, mais la rage qui bout en elle articule *il est mort, Charles. Ton secret professionnel n'a plus aucun sens quand quelqu'un est mort ! Tu aurais dû me le dire, personne ne m'a rien dit, tu m'entends, tu savais et tu ne m'as rien dit, et moi je fais quoi maintenant ? Hein, je fais quoi ? Je ne sais même plus qui est l'homme que j'ai enterré !* Charles saisit alors avec autorité son visage entre ses mains *j'ai demandé cent fois à ton père de t'en parler, cent fois ! Il ne voulait pas que tu saches !* La chaleur de ces deux mains sur sa peau adoucit instantanément

Marie qui laisse ses joues se mouler contre les paumes de Charles. *Il faut que tu abandonnes ce qui te rend si dure, Marie, les crises d'angoisse, ce n'est que ça, c'est tout ce que tu ne sais pas relâcher.* Charles l'attire contre lui et Marie est aussitôt envahie par une autre odeur que celle d'Antoine. Un bouquet d'agrumes boisés s'infiltre en elle, c'est une senteur de miel de garrigue qui creuse son ventre en deux. Personne ne l'a serrée ainsi depuis si longtemps. Son corps existe à nouveau contre le corps d'un autre, elle perçoit la douceur de la bouche de Charles dans ses cheveux, et elle s'arrime à lui plus clairement encore, laisse ses lèvres goûter au grain rugueux de son cou, remonter par frôlements le long de sa mâchoire, sent le souffle de Charles se mélanger au sien et, sans plus réfléchir ni rien contrôler, Marie colle sa bouche à la sienne dans un baiser ivre qui la fait basculer intérieurement quelques secondes avant que Charles ne la détache de lui avec fermeté, *Marie, non, s'il te plaît, Antoine est mon meilleur ami.* Brusquement, le visage d'Antoine réapparaît dans son esprit et elle se rend compte de ce qu'elle vient de faire. *Je dois y aller*, répète-t-elle plusieurs fois devant Charles qui reste interdit puis, au moment où elle ouvre la porte, elle glisse *excuse-moi, je n'aurais pas dû, excuse-moi*, elle ne se retourne pas, elle fuit, elle veut quitter le confus et l'ingérable. Elle ferme la porte derrière elle et s'adosse un instant contre le mur de la maison, descend ses mains sur ses genoux comme si elle se remettait d'un sprint épuisant, enfin elle se redresse, dossier en main, traverse la rue, monte dans sa voiture. Elle laisse tomber son front sur le volant, mon Dieu, qu'est-ce qui lui a pris, mon Dieu, qu'est-ce qu'elle a fait ? Il faut qu'elle se calme, qu'elle inspire de grands coups. Elle se regarde dans le rétroviseur, et il lui semble que sa bouche porte l'empreinte de celle de Charles, que son corps est marqué par cet abandon soudain et délicieux. Elle frôle du bout de l'index ses deux lèvres entrouvertes, la saveur boisée de Charles la caresse encore. Alors elle revoit sa stupeur, son geste franc pour l'éloigner de lui et cette phrase cinglante sur son amitié avec Antoine qui refuse la trahison dont elle est coupable. À présent, la nuit est noire d'encre, elle écrase le pare-brise, l'enserre et l'oppresse. Marie frotte sa bouche avec force pour effacer le délit troublant et s'observe dans le miroir. On pourrait croire que son visage va fondre et couler vers le sol.

Marie fait le trajet qui la ramène chez elle telle une somnambule. Elle longe des maisons où la vie se poursuit au rythme des éclats lumineux que la télévision projette par les fenêtres. C'est une sensation étrange que celle qui condamne les êtres en proie à un malheur. Celle de ne plus appartenir à une existence qui se déroule normalement. Elle pourrait relativiser en pensant aux tragédies humaines qui frappent certaines parties du monde en ce moment même, mais non, elle envie à en pleurer les heureux qui sont tassés dans un canapé confortable devant un film. Elle se demande depuis quand elle ne s'est plus détendue ainsi et essaie de se souvenir de la dernière fois qu'elle a véritablement regardé quelque chose d'intéressant.

Marie revoit tout à coup son père, absorbé par l'écran, qui martèle le nom d'Eurydice. Aurait-elle dû y déceler un signe ? Quel détail lui avait échappé ce jour-là ? Comment avait-il pu encourager ses petits-fils à bâtir une cabane, lui sourire et, partant, dissimuler ce qui le préoccupait vraiment ? Voulait-il les préserver du destin déjà en marche ? Ou se moquait-il des conséquences que son acte leur infligerait ? Elle les croyait si soudés et proches. Quelle naïveté ! Comment avait-elle pu passer à ce point à côté de son père ? Ce n'était pourtant pas faute de discuter… mais à dire vrai, s'il dissertait des heures sur des sujets qui le passionnaient, il se confiait peu et livrait souvent des réponses toutes faites quand il s'agissait d'émotion ou d'intimité. Finalement, il n'était à l'aise que lorsqu'il parlait de médecine. C'est la raison pour laquelle, à onze ans, elle s'était persuadée qu'elle deviendrait pédiatre. Elle aimait le dire haut et fort, voir les yeux de son père se remplir de fierté quand elle affirmait *j'hésite encore sur la spécialisation que je choisirai*, et il insistait sur l'importance de cette spécialisation, comme si son statut de médecin généraliste était peu enviable. Pour sa fille, il voulait le meilleur, elle devait viser haut et loin, ne pas hésiter à pousser les portes entrouvertes et gravir les échelons. Des échelons qui la mèneraient où, elle n'en avait pas la moindre idée, mais il avait promis de lui offrir pour sa communion un véritable microscope sophistiqué, dernier cri, pas un de ces modèles pour enfant, non, pour prétendre à l'excellence il ne fallait pas se contenter de la médiocrité. Il l'avait emmenée dans un magasin spécialisé, le vendeur avait placé une lamelle en verre sous la lentille, elle s'en souvenait très bien car elle avait poussé un *beurk* devant la patte velue d'une mouche, ce à quoi son père avait répondu avec autorité *ne sois jamais dégoûtée par la splendeur de la nature, observe le vivant au plus près et apprends de ce que tu vois*. Le jour de sa communion, elle avait été terriblement déçue de ne recevoir qu'un set de bureau, très beau certes, mais le coupe-papier ne pesait pas bien lourd face au microscope promis qu'elle imaginait. Lorsqu'elle avait questionné son père, il avait prétexté que le modèle haut de gamme n'était plus disponible, et que ce magasin d'optique n'était décidément pas sérieux. Avec l'adolescence, elle avait peu à peu abandonné toute velléité scientifique, hésitant à s'inscrire en journalisme, discipline qui mêlait l'écriture et l'analyse, elle qui aimait tant remplir des carnets. Mais, après avoir rencontré un professeur extraordinaire en terminale, elle s'était imaginée à sa place, face à des adolescents. Quand elle avait annoncé à son père son choix de s'inscrire en faculté de sciences humaines avec comme unique objectif l'enseignement, il avait caché sa déception derrière un *tant que tu vas à l'université, je suis content.* À cette époque, il travaillait comme un forcené, allait de congrès en congrès… Tous ces congrès internationaux n'étaient-ils qu'un prétexte pour dissimuler des hospitalisations ? Elle repensa à la tradition des masques qu'il lui ramenait de chacun de ses voyages, elle en avait une collection considérable qui allait du dogon africain à la moretta vénitienne. Enfant, tous ces visages sans yeux sur le mur de sa chambre l'effrayaient au moment de s'endormir. Elle avait attendu ses dix-huit ans pour le lui avouer et, au congrès suivant, il lui avait rapporté une poupée russe artisanale, *regarde la précision avec laquelle ils ont dessiné la robe de la matriochka, tu vois comme elle est complexe*, que Marie s'était empressée de ranger dans un tiroir. Son père avait-il poussé le mensonge jusqu'à lui ramener de faux objets ? Non, quand même. Quoique. Et tout à coup, cette éventualité lui donne le tournis.

Au moment où elle gare sa voiture, elle repense au baiser. C'était délicieusement improbable, du grand n'importe quoi, elle ne dira rien à Antoine, c'est clair, elle va rentrer et garder pour elle ce baiser qu'elle n'a pas véritablement voulu, non, c'est son corps qui s'est abandonné, pas son cœur ni son âme, ce n'est qu'un pas de côté, vertigineux certes, mais une erreur provoquée par le désespoir et la chaleur soudaine d'un corps contre le sien. Elle ne dira rien, pourvu que Charles en fasse de même. Elle va franchir le seuil et montrer le dossier à Antoine, cet homme avec lequel elle a toujours beaucoup parlé et à qui elle s'apprête à confier la triste vérité. Leur dispute de tout à l'heure est déjà loin, alors elle pousse la porte d'entrée avec soulagement. Ici, elle sera entendue et comprise.

Pas un bruit, pas une lumière. La maison est endormie. Elle s'étonne qu'Antoine soit au lit si tôt, puis elle remarque un rai sous la porte du bureau. Il est de dos devant son ordinateur, un casque sur les oreilles, absorbé par ce qui semble être un reportage sur l'architecture. Elle pose la main sur son épaule, *tu ne peux pas imaginer ce que je viens de découvrir*, il tourne la tête, sans vraiment la regarder pour autant, et lance *je suis occupé, donne-moi cinq minutes*. La phrase, anodine en temps normal, lui glace le sang. Elle erre quelques instants seule dans la cuisine avec le dossier en main, ne sachant pas comment occuper cette attente insoutenable. Elle s'installe dans le salon en se disant qu'il va la rejoindre d'une minute à l'autre, c'est vrai quoi, tout ne tourne pas autour d'elle, il a le droit de finir sa vidéo. Quand même, elle aurait aimé qu'un soir comme celui-ci Antoine se rende immédiatement disponible, mais bon, après tout, cinq minutes de patience c'est pas le bout du monde. Seulement voilà, un quart d'heure plus tard et toujours aussi seule, la vexation se mue en fureur. Visiblement, les matériaux de construction dernier cri sont plus importants que le secret de famille qui la ronge. En définitive, c'est trente minutes qu'il lui faut pour débarquer avec une nonchalance qui décuple son ressentiment.

— Alors ? Ça a été ?

— Oui.

— Tu veux en parler ?

— Non.

— Ah bon ? Mais pourquoi ? Il était malade ?

— Je viens de te dire que je ne voulais pas en parler.

— C'est parce que je t'ai fait attendre ? Je suis désolé, c'était passionnant ce truc, j'ai pas vu le temps passer. Allez, raconte !

— C'est un peu tard, Antoine. C'est devenu une manie chez toi, tout vient toujours trop tard.

Antoine marmonne *oh, si c'est de nouveau pour me faire engueuler alors que j'ai rien fait, laisse tomber* et monte les escaliers en soupirant. Cette réaction la met hors d'elle, il aurait pu insister, s'excuser, se fâcher à la limite, au moins ça aurait permis une interaction, mais il se contente de prendre le chemin de la chambre. *Ouais, c'est ça, laisse tomber, pauvre con*, chuchote-t-elle en se dirigeant vers la cuisine où elle saisit un verre et une bouteille de vin. Elle rumine sa colère de longues minutes avant d'oser rouvrir le dossier sur ses genoux. Elle s'attarde sur deux lettres de la clinique où a été hospitalisé son père qui expliquent que « Jacques Lalois ne souhaite pas poursuivre la thérapie. Il affirme pouvoir s'en sortir seul. Il exprime toutefois beaucoup de difficultés à lutter contre la pulsion. M. Lalois semble conscient de son addiction mais refuse tout traitement. Il refuse que sa famille soit mise au courant de ses démarches ». Cette dernière phrase la paralyse. Cela voulait-il dire que Liliane ignorait également tout de ses cures ? Cela lui paraît impossible. Auraient-elles vécu toutes les deux aux côtés d'un homme qui mentait ? Marie songe à Jean-Claude Romand et à l'engrenage qui l'avait conduit à massacrer toute sa famille. Son père avait-il choisi la mort car il risquait d'être percé à jour ? Elle manque de prendre le téléphone pour appeler sa mère puis se ravise. À cette heure-ci, cette dernière doit déjà avoir avalé ses cachets. Pas le courage d'entendre sa voix pâteuse ni d'obtenir des semi-réponses à des questions fondamentales. Inutile de se leurrer plus longtemps, elle a grandi dans un foyer malsain. Elle boit un deuxième verre. Oui, son père était un menteur. Troisième verre. Elle revoit tous ces masques grimaçants sur le mur de sa chambre. Une mascarade. Sa vie. Et en quelques minutes, elle vide la bouteille. Ce n'est sans doute pas très malin, mais c'est le seul moyen qu'elle trouve pour faire taire sa conscience.

Le lendemain matin, Marie se lève pour petit-déjeuner avec les enfants et laisse Antoine dormir. La vérité, c'est qu'elle n'a pas envie de le voir, ni de discuter. Hier soir, elle est montée se coucher en imaginant qu'il l'attendrait pour se réconcilier et poserait mille questions. Mais elle a été accueillie par son souffle régulier et imperturbable en dépit de sa brusquerie, volontaire, en se mettant au lit. De toute façon, elle était éméchée. De toute façon, elle était forcée d'admettre qu'il ne s'intéressait plus à elle. De toute façon, ils ne se parlaient plus depuis des mois. Et un couple qui ne partageait même plus ce genre d'information essentielle était au bord de la faillite. Il ne fallait pas avoir peur des mots. Elle devait se rendre à l'évidence : un fossé s'était creusé entre eux, un de ces fossés qu'elle n'imaginait pas pouvoir surmonter, à moins de continuer à faire semblant de ne pas le voir.

Jean mord à pleine bouche dans sa tartine, et Léna suçote son petit morceau de pain en poussant des cris stridents de contentement. Ils ont du chocolat jusqu'aux oreilles.

— Déjà prête ?

Marie, la tête dans le lave-vaisselle, n'a pas vu Antoine entrer dans la cuisine. Elle n'a pas le temps de répondre car Tom s'immisce dans la conversation.

— Tu viens me voir à la gym, Maman ?

— Non, mon cœur, pas aujourd'hui, je dois aller voir Mamy.

Antoine s'approche d'elle et chuchote :

— Tu vas chez ta mère ce matin ? Et si on parlait d'abord un peu tous les deux ?

— Écoute, Antoine, j'avais très envie, et surtout besoin, de te parler hier soir, mais c'était apparemment moins important qu'un reportage, donc j'en déduis que ton intérêt pour la question est assez modéré, tu en conviendras. Là, maintenant, je n'ai plus le temps, et j'ai décidé de me débrouiller toute seule.

— Il était malade, c'est ça ? Charles était au courant ?

— Je te le répète : on ne va pas en parler maintenant, et pas devant les enfants, dit-elle sur le ton le plus détaché possible.

— Mais c'est dingue, ça ! J'étais occupé quand tu es rentrée, c'était un truc important pour mon boulot. Je te rappelle que je suis venu ensuite et que tu m'as jeté comme un malpropre !

— Je ne t'ai pas jeté comme un malpropre, j'étais bouleversée, ce que tu aurais vu si ta passion pour l'architecture te l'avait permis, conclut-elle froidement en s'éloignant et en prenant son sac. Je serai rentrée vers midi. Soyez sages, mes chéris !

— Et quoi, tu pars comme ça, sans me dire ce qui se passe ? Dis-moi ce qu'il avait, nom d'un chien !

— Qui avait quoi ? demande Tom, alerté par la tension qu'il perçoit à l'autre bout de la cuisine.

— Ne t'inquiète pas, mon grand, on parle de Papyja avec Maman.

— Papyja avait un problème de cœur, affirme Jean comme pour éclairer son grand frère.

— Tu n'as rien compris, explique Tom, il est mort parce qu'il a choisi de mourir…

— Les garçons, c'est bon là, on ne va pas refaire l'histoire ! Antoine, s'il te plaît, occupe-toi des enfants. Si tu veux m'aider, c'est ce que tu peux faire de mieux.

Elle franchit le seuil de la maison, et tout ce qu'elle entend, c'est une porte de placard reclapée violemment.

Sur la route, Manon l'appelle, *je suis tellement désolée, chérie, j'ai pas pu te rappeler hier. On a passé une soirée dingue avec Dimitri. J'ai pas encore écouté ton message. Dis-moi tout !* Marie n'a pas le courage d'expliquer, c'est trop long, trop confus, tout se mélange. Elle en est fatiguée d'avance et demande à Manon si elle est libre cet après-midi, non, elle sera chez le frère de Dimitri, demain alors, non Dimitri a ses Interclubs de tennis et elle a promis d'y assister. Dimitri, Dimitri, Dimitri, tout se résume maintenant à ce prénom ridicule. Et Marie a beau accepter que Manon, enfin amoureuse, ne jure plus que par ce prénom, elle se dit qu'une heure de temps pour sa meilleure amie qui vient de perdre son père, c'est pas la mort quand même. Manon propose de la rappeler, mais Marie décline, *pas au téléphone, trop compliqué*. Manon insiste, et Marie se bloque comme avec Antoine, ces choses-là ne s'expliquent pas en deux minutes, il faut du temps, une présence, une main que l'on peut serrer. Aucune envie de faire ça à la va-vite. Son histoire mérite mieux. Elle raccroche et se sent seule, elle qui pourtant brandissait toujours la solitude comme un drapeau allié, seule à en crever, isolée dans un monde dont elle ne pourra jamais s'extraire sans qu'on ne lui prête main-forte. En elle, il y a cette ambiguïté profonde qui se développe : plus elle a besoin des autres, plus ils semblent lointains. Peut-être est-ce elle qui les tient ainsi à l'écart ? Et maintenant, elle va confronter sa mère, sa mère qui est la spécialiste du *tout va bien, surtout ne lavons pas notre linge sale, même en famille, et à vrai dire quel linge sale, le mien est toujours propre et impeccable.*

Marie se gare devant la maison, sonne à la porte, mais personne ne répond. Elle utilise sa clé, s'annonce dans le couloir, et n'obtient pour réponse que le bruit du coucou qui sort furtivement du petit volet brun. 9 h 30. Marie déteste ce truc qui lui rappelle son adolescence morne et solitaire. Après avoir fait un tour dans le salon et dans la cuisine, elle se rend à l'étage. Et tout à coup, son sang se fige, et si ? *Maman !* lance-t-elle, *Maman ?* non, pas de connerie, hein, elle n'aurait pas la force de vivre une deuxième fois la mort dans un si court laps de temps, *Maman !* Elle fonce vers la chambre de ses parents, inspire un grand coup et ouvre la porte, redoutant presque d'y trouver sa mère pendue. Liliane, dont les cheveux dépassent derrière le lit, sursaute et pousse un cri.

— Dieu ! Tu m'as fait peur !

— Mais qu'est-ce que tu fabriques, bon sang ? J'ai sonné, j'ai crié, j'ai… se justifie Marie.

La garde-robe de son père est étalée un peu partout dans la pièce, différents tas recouvrent le plancher, et Liliane se tient à quatre pattes devant le dernier tiroir de la commode.

— Il était temps que je range tout ça.

— Il y a encore son odeur dans la pièce, dit Marie en s'asseyant sur le bord du lit.

— Ce n'est pas son odeur, ce sont ses fichues boules de naphtaline. Ton père était obsédé par les mites.

— Il faut qu'on parle, Maman. J'ai vu Charles hier soir et je suis au courant.

Liliane la regarde avec un éclair de surprise dans les yeux puis se retourne pour continuer son rangement.

— Ton père ne voulait pas que tu saches.

— Donc tu savais.

— Évidemment que je savais, tranche-t-elle sur la défensive.

Elle poursuit sa tâche, ordonnant les vêtements avec soin, et plonge dans un tel mutisme qu'au bout de quelques minutes de cette situation absurde Marie perd patience.

— Si tu n'arrêtes ton cirque immédiatement, si tu ne m'expliques pas ce que c'est que ce foutoir, je te jure que je vais péter un plomb, que je vais partir d'ici et que tu ne nous reverras jamais, ni moi ni les enfants, que…

— Arrête, arrête, arrête, pleurniche soudainement Liliane, je sais que tu as besoin de savoir. Je vais essayer de… Donne-moi un instant…

Elle s'assied à son tour sur le lit.

— Ça ne t'embête pas que je fasse des piles là, demande-t-elle en tenant un tas de pantalons, je crois que ça m'aidera d'avoir les mains occupées. Je ne sais pas par où commencer, je…

— Par le début, Maman, la coupe Marie avec agacement. Commence par le début.

— Le début… oui… le début, renifle Liliane. Quand on s'est mariés, ton père et moi, il me faisait rire parce qu'il disait toujours qu'il avait la « baraka ». Les dix premières années de notre mariage, je n'ai pas compris ce qui se passait. On sortait beaucoup. Ton père était un bon vivant. Il avait beaucoup d'amis.

— Dont le type sur la photo que je t'ai montrée ? Le type du funérarium et qui était à mon mariage ?

— Tu parles de Philippe, je suppose ? Oui, c'était le meilleur ami de ton père. Philippe devait être ton parrain. Mais ils se sont disputés un peu avant ta naissance.

— Pourquoi ?

— Je n'ai jamais connu la vraie raison. Je suis quasi sûre que c'était une histoire d'argent. Ou alors c'est cette femme, là, qui était avec lui l'autre jour, je ne sais pas.

— Mais tu ne lui as pas demandé ? Vous ne parliez pas ou quoi ?

— Parler ? Avec ton père ? Sur son métier, ça oui, il était intarissable. Par contre, dès qu'on abordait un sujet délicat, il prenait la fuite.

Marie attrape délicatement une chemise de son père posée sur le couvre-lit, et se met à en caresser le col. Elle s'en souvient bien, de cette chemise. C'est celle qu'il mettait toujours pour jardiner. Elle observe sa mère plier méthodiquement les vêtements et se demande comment deux êtres aussi opposés ont pu vivre ensemble pendant plus de trente ans.

— Et tu as découvert la vérité à quel moment ?

— Lors de ta communion, ton père m'a avoué pour la première fois qu'il avait fait l'imbécile. On avait mis de l'argent de côté pour faire une grande fête et te faire de beaux cadeaux. Il voulait t'offrir un véritable microscope et, à l'époque, ça coûtait un pont. Mais il a tout perdu au black-jack un mois avant la réception. J'étais furieuse, Marie, furieuse, tu n'imagines même pas, je n'avais rien vu venir, je m'étais laissé entretenir comme une reine sans me soucier du reste. Je comprenais tout à coup pourquoi nous avions si peu d'argent de côté, ton père disait toujours qu'il avait des frais, que le prêt pour son cabinet était énorme, etc. Dieu merci, il était médecin. Nous aurions perdu la maison s'il avait gagné moins. Je lui en voulais, je m'en voulais. Mais j'ai fait bonne figure. Je ne voulais pas gâcher ta fête. Et puis, tu sais, au début on veut toujours croire que c'est une erreur de parcours. Il m'a juré qu'il ne recommencerait plus, qu'il avait retenu la leçon, et moi, je ne voulais pas que mes parents l'apprennent, c'était suffisamment compliqué avec eux depuis notre mariage, je ne voulais pas leur réclamer quoi que ce soit et ainsi avouer qu'ils avaient eu raison. Alors, j'ai fait l'autruche, et je crois que ça ne s'est jamais vraiment arrêté. Il me le cachait, évidemment, mais je voyais bien qu'on ne menait pas le train de vie qu'on aurait dû. Ton père travaillait comme un dingue, me parlait d'investissement immobilier, de spéculation boursière. Ça m'arrangeait de faire semblant, sans doute. Puis, petit à petit, je me suis sentie très isolée, nos amis se sont mis à décliner nos invitations, les sorties se sont faites plus rares. Et quand il a fallu te payer l'université, j'ai reçu une lettre indiquant que tes frais d'inscription n'étaient toujours pas réglés. C'était lui qui gérait les comptes, et il m'avait menti en disant que c'était fait. Au deuxième rappel, j'ai compris que la situation était grave. Sur notre compte commun, il n'y avait plus rien. Je suis allée à la banque pour prendre de l'argent sur le carnet d'épargne que nous avions ouvert à ton nom, et il était vide aussi. Il avait tout pris.

Marie reste incrédule un instant. Sa mère est une parfaite idiote. Ce n'est pas possible cette histoire, on ne pouvait pas vivre dans un tel mensonge et refuser de regarder la vérité en face, à moins de l'avoir clairement décidé.

— Et comment avez-vous payé, alors ? Pourquoi ne l'as-tu pas quitté ? J'étais grande, tu aurais pu m'expliquer, je t'aurais soutenue…

— Pour payer ton année, j'ai vendu les deux saphirs que j'avais hérités de ma grand-mère. Quant à le quitter… je ne sais pas. Je croyais encore qu'il s'en sortirait. Je croyais que je pourrais le faire changer. Qu'à partir du moment où il accepterait qu'il était malade, j'aurais la force et l'amour nécessaire pour qu'il se soigne. Je l'ai accompagné à sa première cure, elle a duré deux semaines. Tu te rappelles ce congrès médical en Russie ?

Marie accueille la vérité avec un détachement qui l'étonne. Elle en rirait presque. Bien sûr que la matriochka provenait d'un stupide magasin de la région. Elle était aussi idiote que sa mère.

— Je sais ce que tu dois penser. Que des cures de deux semaines, c'est ridicule, hein ?

— Oh, tu sais, Maman, je ne pense plus grand-chose. Je suis vide.

— Ton père ne voulait pas rester plus longtemps, il ne voulait pas que tu l'apprennes, que les autres aient des soupçons… Et il y est entré avec tellement d'espoir. J'y croyais, qu'est-ce que j'y croyais ! Mais il y a eu des rechutes, d'autres cures. Après la troisième, tu avais vingt et un ans, tu venais de rencontrer Antoine, et il était si heureux pour toi, je me suis dit que cette fois c'était la bonne. Jusqu'à sa retraite, il a été ce qu'on appelle un abstinent. Enfin, je pense. Je ne suis même pas sûre en fait. Mais bon, abstinent ou pas, il était absent de sa propre vie. Nous vivions l'un à côté de l'autre. Il ne s'éclairait que devant ceux qui ignoraient la vérité : toi, les enfants, et ses patients. À partir de ce moment-là, il lui était devenu impossible de te raconter sa part d'ombre, il était sans doute persuadé qu'il ne replongerait pas, que tout ça faisait partie de son passé et qu'il n'avait aucun intérêt à te blesser avec ça. Et pourtant… Quand il a revendu sa patientèle à Charles il y a deux ans, il a définitivement sombré.

— Mais il faisait quoi ? Il sortait ? Le soir ? Pour aller où ?

— Je ne sais pas. Ton père mentait tellement. Je sais juste que, six mois avant sa mort, il a vidé son compte avec son épargne-pension. J'étais tellement à bout que j'ai décidé de faire chambre à part en pensant que ça le motiverait à refaire une cure. Ce qu'il a fait, d'ailleurs, quinze jours avant de… achève-t-elle en larmes, avant de… enfin tu sais bien.

— Mais putain ! pourquoi ne m'as-tu rien dit ?

— Les enfants n'ont pas à savoir ces choses-là.

— Les enfants n'ont pas à savoir qui sont vraiment leurs parents ? M'enfin, Maman, ça fait trente-deux ans que je vis dans un mensonge ! Je ne comprends pas !

On aurait pu l'aider ! J'aurais pu l'aider ! Je ne suis plus une enfant ! J'aurais pu…

— Tu n'aurais pu rien du tout ! s'étrangle Liliane, c'est une maladie ! Ah ! ça, sûr que j'aurais dû écouter ma mère ! Oui, il était beau ton père, avec sa situation…

— Mais pourquoi es-tu restée ?

— Parce que… parce que je l'aimais… Si tu savais comme je l'ai aimé… Il avait trente-sept ans quand je l'ai rencontré, je rêvais de voyages, de grande vie, de soirées entre amis, et puis…

— Et puis moi, c'est ça ?

— Mes parents étaient fous furieux. J'avais vingt ans, et il avait quasi l'âge de mon père. J'ai été la honte de ma famille. Mais j'étais enceinte et je voulais un fils qui ait ses yeux… Je l'avais dans la peau, ton père, tu comprends ? Et quand tu es née, il n'a plus vu que toi. Tu étais sa raison d'être. Toi et le jeu, évidemment. L'adrénaline. Ton père allait toujours *se refaire*, il en était convaincu.

— Tu n'as pas envie de savoir ce qui s'est vraiment passé ? Vous n'avez pas cherché les causes ? C'est qui, ce Philippe ? Il sait peut-être des choses…

— Il s'appelle Philippe Lorque. Il habite au numéro 12 de l'avenue des Ormes. Tu te rappelles ? C'est le voisin des parents de Papa. Ils ont grandi ensemble. Vas-y si tu veux mais moi, j'en ai fini avec tout ça. Je n'ai plus l'âge, ni la patience. Ton père était insaisissable et je préfère oublier.

— Facile à dire, moi, je ne peux pas oublier ! Je ne peux pas comprendre que vous m'ayez tenue à l'écart. Passe encore à douze ans, mais pas à l'âge adulte !

— J'ai respecté la volonté de ton père. Toute ma vie ! Et il a fini au bout d'une corde ! Quelle belle manière de me remercier ! Fais ce qui te semble juste, Marie. Je comprends que tu cherches des réponses. Mais je ne voudrais pas que tu perdes des années à traquer la vérité, parce que la vérité, tu risques de ne jamais la trouver.

— Tu vas faire quoi de tout ça ? demande Marie en désignant du menton les vêtements entassés.

— Les donner à l'Armée du Salut. Tu veux garder quelque chose ?

— Non, répond-elle aussitôt en se levant. Tout n'est que mensonge de toute façon.

Liliane se redresse, prend le cadre avec le dessin de Jacky en clown au milieu des garçons, attrape la chemise à carreaux et les lui tend.

— Prends ça. Tu es en colère, mais il y a une chose sur laquelle il n'a jamais triché : il t'aimait. Toi, au moins, il t'aimait.

— Tu parles, qu'il m'aimait, s'emporte Marie en prenant le cadre et en allant vers la porte, drôle de manière d'aimer les siens…

— Tu ne le comprendras peut-être pas tout de suite mais, au fond, il lui a fallu tout son amour pour ne pas te le dire. C'était insupportable pour lui de te décevoir.

— Je ne comprends rien, non, en effet. Ni ta froideur, ni tout ce que tu as caché, et encore moins le rôle de fourbe qu'il a joué toute sa vie.

— Je ne peux pas faire marche arrière. Et je n'ai pas été la mère dont tu rêvais. J'étais trop jeune et je ne savais pas m'y prendre. Je n'étais pas faite pour ça. Je n'ai jamais voulu te faire du mal… Mais c'était lui qui me fascinait…

— Oui, pas la maternité, ça je l'ai très bien compris, cingle Marie avec rage.

— Peut-être qu'un jour tu regarderas tout ça avec d'autres yeux, peut-être que tu me pardonneras…

— Je ne sais pas, Maman. Franchement, je ne sais pas.

Dans la voiture, le poids sur sa poitrine est là. Encore. Elle n'en peut plus de cette famille. De leur duplicité, de ce simulacre, de ces secrets remplis de prétendues bonnes intentions, elle est une erreur, voilà ce qu'elle est, elle est le fruit de deux êtres qui n'auraient pas dû être ensemble, d'un couple contraint à former une famille, prêt à tout pour sauver les apparences et persuadé de la préserver ainsi du désastre. Pourquoi n'a-t-elle aucun souvenir ? Elle essaie de remonter le fil de sa mémoire, d'aller chercher au plus loin et s'énerve de n'avoir aucun indice auquel se raccrocher. Elle se rappelle bien, même gamine, l'ennui et la lassitude qu'elle percevait entre ses parents, le quotidien aseptisé secoué de temps en temps par de terribles disputes, mais il y avait une telle joie de vivre dans les yeux de son père lorsqu'il était avec elle que cela l'emportait sur le reste. Elle regarde à sa gauche les parterres bien ordonnés devant la maison, les fleurs déjà écloses, les buis qui filent droit, les pierres qui dessinent des chemins militaires, tout est carré, rien ne déborde. Voilà bien une réalité de la vie qui lui échappe : comment l'être humain peut être à ce point capable de sauver les apparences alors qu'à l'intérieur il ne subsiste plus qu'une fêlure immense et distordue, une fêlure à jamais irréparable à force d'être trop souvent dissimulée ?

Et Marie rentre à la maison. Sa maison. Son havre de paix. En bazar, peut-être, mais le juste reflet de sa réalité bouleversée. Elle laisse filer la route derrière elle et, lorsqu'elle arrive enfin, elle se précipite pour rejoindre son univers au plus vite. Elle voit Antoine en train de ramasser les morceaux du pot fracassé la veille, il a sorti le terreau, les gants, et elle se sent de nouveau coupable. Elle a été dure avec lui ces dernières semaines. Elle le sait. Mais elle peine à dominer sa rage. Sa tristesse aussi. Tristesse de se sentir si seule à se débattre dans une histoire qui aurait dû le concerner. Il lui jette à peine un regard en coin quand il entend ses pas dans le gravier. Elle tire une des chaises de la pile assemblée près de la porte-fenêtre, souillée de traînées poussiéreuses et d'eau stagnante, puis renonce et se rapproche d'Antoine.

— J'ai plein de choses à te raconter, annonce-t-elle avec douceur en espérant amorcer une discussion sereine. Il est temps que l'on se parle, Antoine. Vraiment.

Antoine ne bronche pas. Il prépare un nouveau pot pour replanter l'hortensia désœuvré avec des gestes secs et précis.

— Je suis désolée pour la plante… Je le ferai tout à l'heure si tu veux. C'est juste que je voudrais te raconter tout ce que j'ai appris.

— Parce que *maintenant* j'ai droit à tes confidences ? ironise-t-il en agitant le sac de terreau au-dessus du nouveau pot.

— Il faut qu'on tire au clair ce qui se passe entre nous, et j'aimerais beaucoup qu'on discute de tout ça.

Il poursuit sans même la regarder. C'est mal parti. Elle a l'impression d'être ce sac secoué dans les mains d'Antoine, prêt à se déverser. Sauf que rien ne sort facilement.

— Écoute…

— Non, c'est toi qui vas m'écouter, Marie. On n'est pas des marionnettes, les enfants et moi, tu ne peux pas nous déplacer selon ton bon vouloir et tes humeurs et nous remettre à la place que tu as décidée quand tu l'as décidé.

Marie tente de se défendre, mais Antoine reprend de plus belle en se redressant et en lui donnant l'impression tout à coup d'être une enfant que l'on s'apprête à punir.

— Tu nous traites comme des chiens depuis des semaines. Tu me tiens à l'écart de tout, de ton chagrin, de tes difficultés, de ce que tu vis. Et ne me fais pas le coup des larmes ! menace-t-il en pointant son doigt vers son menton qui tremble. Oui, ton père est mort dans des conditions inimaginables, oui, ça doit être horrible, mais c'est toi qui as choisi de traverser ça toute seule !

— Tu ne comprends pas…

— Arrête avec cette phrase ! Forcément que je ne comprends pas puisque tu ne me dis rien ! Tu n'es plus comme avant ! Où es-tu, Marie ? Dans quel monde vis-tu ?

— Dans quel monde ? Mais je ne sais pas, moi, dans quel monde je suis ! Tout ce que je croyais est faux. Évidemment que je ne suis plus comme avant ! Comment peux-tu espérer que tout redevienne comme avant ? Ma vie a changé, Antoine, et je ne la supporte plus, j'ai trente-deux ans, et je ne suis nulle part.

— Merci pour le nulle part. On a construit une vie. On a fait des enfants. On est une famille !

— Mais je ne parle pas uniquement de nous ! Et quel nous d'ailleurs ? Je te signale que tu ne voulais pas de Léna ! C'est ça, notre famille ?

— Non, je n'en voulais pas ! J'aimais notre vie avant. Et je n'ai pas à être gêné de ça ! Parce que Léna, j'en suis fou et je n'ai aucun regret. Si j'ai hésité à la garder, c'était pour toi !

— Pour moi ? s'offusque Marie. Mais elle est bonne, celle-là !

— Mais j'ai raison et tu le sais très bien ! Je savais que ça repousserait encore tes projets, c'était l'excuse parfaite pour ne pas te lancer. Parce que ça fait deux ans que tu te trouves des fausses excuses ! Deux ans que tu n'en fous plus une. Tu te fais chier à l'école, tu traînes la patte pour corriger, tu fais semblant que tu es super épanouie, mais tu crois que je n'ai pas compris que tu aspirais à autre chose ? La maison est un bordel, notre vie est chaotique, tu passes ton temps à râler sur ce que tu n'as pas, sur ce que tu aurais pu avoir. Et au moment où je pensais que tu allais avoir l'énergie de changer ta vie, tu veux à tout prix garder Léna ? Un enfant en plus ? Pour te sentir encore plus aliénée par les journées qui passent trop vite ? Il est temps, Marie, que tu saches qui tu es et ce que tu veux. Que tu arrêtes de subir ! Tu vas l'écrire quand, ce roman dont tu me parles depuis qu'on s'est rencontrés ? Tu crois que ça me rend heureux d'être marié à quelqu'un qui ne réalise pas ses rêves et qui s'en plaint tout le temps ? Quel rôle est-ce que tu joues ?

— Mais je ne joue pas ! J'essaie juste d'être une bonne mère !

— Oui, eh bien, je vais te le dire le secret qui fera de toi une bonne mère : c'est quand tu auras enfin le courage de suivre ce qui t'anime ! Tu vas devoir faire des choix et reconnaître que tu te planques derrière un confort professionnel. C'est ça, la réalité, Marie : tu ne vis pas la vie que tu voulais. Et c'est ça que la mort de ton père vient remuer. Précisément ça. Et crois-moi bien, je tiens à toi et aux enfants plus que tout au monde. Mais je ne peux pas vivre auprès de quelqu'un qui se terre dans un trou parce que c'est plus confortable. Et je sais à quel point ce qui s'est passé avec ton père est dévastateur. Que la relation avec ta mère, c'est dévastateur. Et je n'ose pas imaginer tout ce que tu as découvert parce que ça aussi, ça doit être dévastateur. Mais avant que tu me le racontes, il serait temps une bonne fois pour toutes que tu décides ce que tu veux faire de ta vie. Et soit je ferai partie de ce projet, soit je n'en ferai plus partie. Je te laisse cinq jours, Marie.

— Mais qu'est-ce que tu racontes ? Tu ne vas pas me laisser, quand même ? Tu vas aller où ?

— Chez ma mère avec les enfants. Jusqu'à samedi.

— Mais ils vont rater l'école !

— Je m'en fous de l'école. Jean va rater quoi ? Un bricolage en forme d'oiseau et Tom n'apprendra pas la lettre N ? Je ferai ça avec eux. Nos valises sont prêtes. J'attends juste que la puce se réveille de sa sieste et on y va. Et, s'il te plaît, ne fais pas d'histoires devant eux. On leur en a fait suffisamment baver comme ça avec nos conneries.

— Mais est-ce qu'on ne peut pas simplement…

— Cinq jours, coupe-t-il. Prends ce temps pour toi. Et réfléchis.

Lentement et avec un calme déconcertant, Antoine remet le sac de terreau dans l'abri de jardin tandis que l'hortensia trône fièrement dans son pot. Il se frotte les mains l'une contre l'autre pour enlever la terre. Il rentre dans la maison et crie *allez, les loulous, on décolle ! Jean et Tom, allez faire un bisou à Maman qui est sur la terrasse, moi je vais chercher votre sœur.* Marie voit surgir ses deux petites têtes brunes, Jean lui saute au cou, *c'est dommage que tu puisses pas venir avec nous, tu vas trop me manquer, Mamounette.* Tom est plus distant, son corps est raide, elle voudrait tant qu'il se relâche. Elle lui prend la main et essaie de sourire. *Tu vas bien profiter avec Papa, Papy et Marinou. Ça va aller, toi, mon grand ?* Tom la regarde avec deux grands yeux tristes. Elle lui serre la main encore plus fort, et elle l'attire contre elle. *Tu peux pleurer, tu sais, c'est normal que ça te tracasse, Maman n'est pas bien, mais ce n'est pas ta faute.* Elle l'embrasse fort et il murmure d'une voix brisée *moi ça ira si toi ça va, Maman.* Elle lui caresse le visage, esquisse un dernier sourire en faisant refluer ses larmes et le rassure comme elle peut. *Maman va aller mieux, mon grand. Je te le promets. Maman va aller mieux.* Antoine apparaît sur la terrasse, une valise dans une main et le Maxi-Cosi dans l'autre. Il demande aux garçons d'aller s'installer dans la voiture, Marie leur fait un petit signe en maîtrisant tant bien que mal ses sanglots, elle s'approche de Léna qui lui sourit, elle se met à genoux, l'embrasse et s'enivre une dernière fois de son odeur. *Allez, Marie, s'il te plaît, ne faisons pas de tout ceci une tragédie grecque, ça va te faire du bien, ça va me faire du bien.* Elle se redresse, le regarde longuement en le suppliant des yeux *ne pars pas, je t'en supplie, ne me laisse pas maintenant*, Antoine serre les mâchoires, *c'est mieux comme ça*, murmure-t-il. Il lui caresse le visage d'une main et tourne les talons. Marie vacille et fond en larmes au moment où la voiture s'éloigne, elle est prise d'une quinte de toux abominable, tout lui remonte dans la gorge, son père, la corde, sa mère, Antoine qui la quitte et les enfants qui disparaissent, tout la submerge et déborde des frêles limites de son corps, elle tangue vers l'avant, elle est prise d'un haut-le-cœur et ne peut s'empêcher de vomir sur l'hortensia qui se croyait sauvé.

Que restera-t-il des heures qui ont suivi ? Marie n'en sait trop rien sinon que son corps s'est mis sur pause, qu'elle s'est relevée sans prendre la peine de nettoyer, qu'elle est entrée dans la cuisine, qu'elle a attrapé une bouteille de whisky, qu'elle a bu et bu encore au goulot en pensant que sa vie était fichue, qu'elle a monté les escaliers en renversant la bouteille dans sa bouche, qu'elle a jeté ses vêtements à même le sol, qu'elle n'a plus pensé à rien sauf à ses échecs, à son passé irrécupérable, à la trahison de son père, au fait qu'elle ne saurait jamais pourquoi, pourquoi il a choisi ce jour-là et pas un autre pour s'enrouler la corde autour du cou, et pourquoi une corde d'ailleurs, il était médecin, il aurait pu faire plus simple, a-t-il étouffé progressivement ou s'est-il brisé la nuque, s'il était laid, c'est qu'il s'est asphyxié mais elle ne le saura jamais avec certitude, songe-t-on à quelque chose quand on se voit mourir, qu'a-t-il ressenti, a-t-il pensé à elle et aux enfants ?

Toutes les minutes qui suivront le départ d'Antoine resteront un mystère. Elle sait juste qu'elle s'est vue descendre au plus bas, qu'elle a pensé disparaître pour tout arrêter mais qu'en même temps elle ne peut pas, elle ne veut pas, qu'elle a bu encore, que son esprit s'est embrouillé, qu'elle a pleuré par phases comme un moteur qui broute, qu'elle s'est laissée tomber sur son lit, persuadée qu'elle avait tout gâché, qu'Antoine ne reviendrait pas, qu'ils ne parviendraient pas ensemble à surmonter cette épreuve, qu'elle était finie, achevée, bonne pour la casse, qu'elle pouvait bien avoir honte, qu'elle n'était qu'une loque au lieu d'être une mère, que rien de bon ne pourrait sortir de cette situation, que tout se ralentissait autour d'elle, qu'encore une gorgée allait l'endormir, la faire partir loin dans un monde sans pensée et sans souffrance, mais que pourtant rien ne s'estompe sous les assauts de l'alcool, qu'elle ne peut pas oublier qui elle est devenue, l'absence de réponses à ses questions, qu'elle est incapable d'affronter ça seule, que le whisky, ça chauffe et ça brûle, mais au moins il se passe quelque chose, que sa bouche est pâteuse, qu'elle va boire encore un peu, que le soleil est éblouissant, qu'il faut fermer les rideaux, que personne ne doit la voir ainsi, qu'elle va se laisser sombrer et qu'on verra bien si elle remonte, qu'elle a froid et chaud en même temps, qu'elle n'a maintenant plus de larmes, qu'elle est vidée intérieurement et qu'il ne lui reste rien et que c'est la honte, qu'elle le sait et qu'elle est vraiment nulle d'être ainsi, que de toute façon plus personne ne voudra jamais d'elle, qui voudrait de quelqu'un qui tombe si bas, que son corps n'est plus le sien, juste une masse informe qui n'a plus de tonus, qu'elle a perdu le désir, qu'elle n'a plus la mémoire du plaisir, que tout s'est noirci dans son esprit, que c'est normal que les enfants préfèrent Antoine, il est plus stable et elle n'est visiblement pas capable de les élever, qu'il doit lui manquer quelque chose, que les doutes la paralysent, qu'elle ne ressortira plus de cette maison, que c'est le bordel ici parce qu'elle n'a plus la force de ranger, que tout est obstacle, qu'il faut boire encore pour stopper ce cerveau qui génère des pensées insoutenables, qu'elle mentira s'il le faut, qu'elle n'avouera pas ce qui est en train de se jouer là, qu'elle pourrait avaler tous les comprimés de Lexomil que Charles lui a prescrits. Charles et sa bouche, Charles et sa langue. Elle n'aurait pas dû, mais que c'était bon. Elle voudrait juste qu'on la désire vraiment. Elle devra décider de le dire ou non, choisira la vérité ou le mensonge ; si c'est le mensonge qui l'emporte, elle sera comme son père, finalement les chiens ne font pas des chats, il lui a juste fallu trente-deux ans pour le comprendre. Et elle boit encore, il reste un quart de bouteille, elle a mal au ventre, c'est un feu qui irradie mais ça, elle le sent, elle vomirait peut-être encore si elle n'avait pas tout rendu, il faudrait qu'elle mange, alors elle s'extirpe du lit et se traîne jusqu'au palier, s'accroche aux meubles, nom de Dieu qu'elle est saoule, maintenant qu'elle est debout, elle s'en rend compte, elle descend les escaliers, manque de se casser la gueule, putain, c'est dangereux ici, se rattrape à la rampe, va vers le frigo mais trébuche sur le bac à Lego qui se renverse et envoie les pièces minuscules partout, y en a de toutes les couleurs, des rouges, des jaunes et des vertes. Dans le frigo y a rien, elle n'a pas fait de courses, dans ta gueule, tiens, prends-la ta réalité de merde, pauvre conne que tu es, elle a beau se concentrer, tout lui tombe des mains, le saucisson glisse de son emballage pour finir sur le carrelage, la bouteille de Coca s'écrase au sol, le bouchon mal vissé laisse exploser le contenu qui arrose le sol, les meubles et ses pieds au passage, faut manger mais rien ne tient dans ses mains, elle se retrouve à quatre pattes en train de ramasser une tranche de saucisson, parvient à l'enfourner dans sa bouche, elle se tient à la table pour se redresser, ouvre un placard pour prendre des biscuits mais ils sont trop haut, elle tire sur plusieurs paquets qui prennent le même chemin qu'elle, visiblement tout le monde veut finir par terre aujourd'hui, elle laisse tout derrière elle, ouvre des chips qui sont accessibles, en enfourne plusieurs dans sa bouche avant de tout recracher parce qu'elles sont molles, c'est encore sa faute, elle n'avait qu'à bien refermer le sachet, même avec les chips elle foire, elle n'est qu'une merde, une merde complètement ivre et qui est le résultat de deux êtres immondes, de toute façon elle est un accident, sa mère a bien été claire là-dessus, et elle n'est même pas foutue d'être le fils qu'ils attendaient, elle n'est rien, alors forcément elle reproduit la même chose, sa fille aussi est un accident, qu'est-ce qu'ils avaient besoin de faire l'amour tout le temps comme ça, ah ça oui, de ce côté-là, tout allait bien, mais quelle idée de se donner autant de plaisir quand elle n'est pas fichue de prendre sa pilule à heure fixe, cette fois-là elle l'avait zappée pendant trois jours, c'est long trois jours sans s'en rendre compte, faut quand même être à côté de ses pompes, et ni une ni deux elle s'était retrouvée pleine, pleine d'une enfant, pleine de Léna. Léna. Le prénom éclate dans sa tête. Petite Léna qu'elle a aimée dès qu'elle a su qu'elle était enceinte, Léna qui aurait pu être un garçon, elle s'en fichait, parce qu'elle sentait les signes d'une vie qui se prépare, Léna comme une petite bulle magnifiquement accrochée dans son ventre, Léna pour qui elle n'a pas eu la moindre hésitation, elle la voulait tant, elle l'aurait eue même si Antoine avait menacé de partir, Léna dont l'odeur à la naissance l'a envoûtée, Léna et sa peau fragile, bien plus pâle que celle de ses frères, ses petits doigts parfaits, sa bouche qui cherche son sein, qui le trouve et s'y délecte, Léna qui s'épanouit dans les baisers doux de son père, Léna dont la simple pensée suffit à l'apaiser. Marie ignore comment mais elle est à nouveau dans son lit. Elle s'enterre dans l'édredon et pense aux enfants. À Tom et son regard inquiet de petit bonhomme trop intelligent pour son âge, à Jean et son sourire espiègle et si chaleureux. Ses enfants, c'est tout ce qu'il lui reste. Et y penser est la seule chose qui la tient encore vivante au moment où elle sombre.

Il fait encore jour quand elle ouvre les yeux et quelque chose vibre près de son épaule. Elle tâtonne maladroitement, doit se contorsionner pour réussir à mettre la main dessus, et il est trop tard pour décrocher. Douze appels en absence de Manon. Merde. Elle balance son téléphone de l'autre côté du lit et se retourne. Mais maintenant on sonne à la porte. Plusieurs fois. Marie ne sait plus ce qu'elle fait là, ni l'heure qu'il est. Ne pas répondre, voilà sa stratégie. On sonne encore, on tambourine, *c'est Manon ! Ouvre ! Je sais que t'es là. Ouvre maintenant !* Marie écoute sans bouger. *Qu'est-ce qu'il se passe, bordel ? Marie, je m'inquiète ! Si tu n'ouvres pas, j'appelle Antoine.* Marie reste figée dans son lit comme une enfant prise sur le fait. Que s'est-il passé ? Elle voit la bouteille de whisky vide sur la table de nuit. Des flashes lui reviennent. Antoine. Les enfants. Le chuintement du Coca qui explose. Elle s'extirpe du lit et veut crier *attends, attends, c'est bon, j'arrive* mais sa voix est rauque et c'est un grognement qui s'échappe de sa bouche. Elle est poisseuse. Elle titube encore. Elle va à la fenêtre qui donne du côté de la porte et jette un œil, Manon se dirige vers sa voiture. Elle a juste le temps d'ouvrir la fenêtre et de crier son nom. Manon se retourne et lève les yeux vers elle. Et à voir l'expression qui se dessine en une seconde sur le visage de son amie, elle doit avoir une tête à faire peur.

Marie ouvrira la porte et verra défiler l'inquiétude, la tristesse et l'étonnement dans le regard de Manon. Tout ce qu'elle parviendra à articuler c'est *il m'a quittée et il est parti avec les enfants* qui déclenchera un sanglot que Manon essaiera d'apaiser en la serrant fort contre elle. Mais très vite, son amie lui tapotera le dos et lancera avec une pointe d'humour *je veux bien te faire tous les câlins du monde, mais d'abord tu vas aller te laver, hein, parce que tu pues la bête crevée.*

Une fois douchée, coiffée et habillée, Marie comprendra qu'on n'est plus samedi mais dimanche midi, qu'elle a dormi si loin et si fort qu'elle n'a même pas vu que le jour, la nuit et le matin avaient été engloutis par sa beuverie existentielle. Elle racontera tout à Manon, du début à la fin, sans omettre un seul détail, et au moment où elle terminera son récit, elle se sentira encore plus bas que terre et ce sentiment ne fera que s'accroître quand elle découvrira la débâcle dans la cuisine. Elle nettoiera, très lentement, avec des gestes fatigués, car chaque mouvement lui donne l'impression désagréable qu'une brique se heurte à sa boîte crânienne. Manon ne fera aucun commentaire mais lui ouvrira la poubelle en souriant, épluchera des légumes et préparera une soupe. Et alors qu'il ne reste plus que le vomi dans l'hortensia, Manon la force à s'asseoir et à boire une bouteille d'eau.

— Bois. Va falloir l'éliminer, cette bouteille de whisky ! Ça fait combien de temps que tu bois ?

— Je ne bois pas.

— À d'autres, ma vieille !

— Je te jure.

— Arrête tes conneries avec moi. T'as bu tous les jours depuis que ton père est mort ?

— Mais je ne sais pas, moi, je ne bois pas vraiment, peut-être un peu de vin, du vin rouge, voilà oui, du vin rouge, t'es contente ?

— OK, on avance. Alors, je ne suis pas la reine de la soupe, mais c'est sûrement mieux que ce que tu as ingurgité ces deux derniers jours.

— Je ne vais pas m'en sortir.

— Mais si. Tu crois que tu es la première femme au monde dont le père se suicide et dont le mari lui pose un ultimatum ? Mange.

Marie prend quelques cuillerées de soupe. C'est bon. C'est chaud. Depuis combien de temps ne lui a-t-on pas fait à manger ?

— Écoute-moi bien, ma belle. Tu te rappelles ce fameux mois de janvier où j'ai touché le fond avant de rencontrer Dimitri ? Tu te souviens de la manière dont tu m'as botté le cul ? Eh bien, on va faire pareil.

Marie prend un air apeuré.

— Et ne me fais pas tes yeux de Bambi devant le chasseur ! Je ne prétends pas tout résoudre, hein, va falloir du temps pour ça, mais il faut bien commencer par quelque chose. Prends le papier qui est là. Fais trois colonnes. Dans la première, tu notes tout ce que tu n'aimes pas dans ta vie. Dans la deuxième, tout ce que tu voudrais avoir. Et dans la troisième, on va tâcher de trouver ensemble des solutions pour que tu passes de la colonne un à la colonne deux.

Marie étudie la feuille blanche avec circonspection.

— Il te reste quoi ? Trois jours ? Alors, en avant !

— Je ne sais pas ce que je dois mettre, répond Marie, abattue.

— Tout ce qui te fait chier. Et pas la peine de jouer à « Mme Je-Vais-Bien » comme ta mère, t'es bien placée pour savoir que ce stratagème est foireux, on le paie toujours un jour ou l'autre. De toute façon, cette feuille ne sortira pas d'ici.

— Je ne sais pas qui est mon père, constate Marie en soupirant.

— Note-le. Note !

— Je suis grosse et flasque, poursuit Marie alors qu'elle n'a même pas encore écrit son premier constat. Mon métier ne me satisfait plus comme avant.

— Ensuite ?

— Je voudrais écrire.

— Ça, c'est dans la deuxième colonne. D'abord, ce qui te fait chier. Concentre-toi sur le négatif.

— Je ne partage plus rien avec Antoine, continue-t-elle en s'appliquant. Je suis mal dans ma peau. Je fais des crises d'angoisse. Ma maison est un taudis. Je n'ai pas de relation avec ma mère. Je ne joue plus avec les enfants. Mon père me manque. J'ai embrassé Charles, termine-t-elle en levant les yeux vers Manon.

— Ouh ! La vilaine ! Ça, tu peux te passer de l'écrire ! Et c'était bien au moins ?

Marie ébauche un sourire illico réprimé en moue catastrophée.

— Je ne baise plus.

— Plus du tout ? Merde, là, il y a urgence ! On a fait le tour ?

— Ben c'est déjà pas mal, non ?

— Et tu nous as fait l'autiste alcoolique pour des broutilles pareilles, mais c'est de la gnognote, ça, ma fille ! Maintenant, note en face de chaque point ce que tu souhaiterais.

Marie inscrit scrupuleusement tout ce qui lui passe par la tête, Manon la laisse faire en rangeant la vaisselle, elle est présente mais discrète et, quand Marie a terminé, cette dernière lui tend la feuille comme une bonne élève qui espère la meilleure note.

— Bon. OK. OK. OK, ponctue Manon ligne après ligne. Maintenant, tu vas te poser un peu. Et me jurer de ne plus rien boire sauf de l'eau…

— Ça, c'est pas difficile, je ne boirai plus jamais.

— Mouais. C'est ce qu'on dit tous. Demain, tu vas appeler cette personne, ajoute-t-elle en écrivant un nom et un numéro de téléphone sur la feuille, et tu vas prendre un rendez-vous. C'est une psy géniale, il paraît. Faut que tu ailles démêler tout ça avec quelqu'un. Et vu que demain les quatrièmes B sont en stage, je débarque à huit heures. On va remettre de l'ordre là-dedans.

— Comment ?

— Tu verras. En attendant, au dodo, madame ! Moi, je rentre.

— Merci.

— Ne me remercie pas, tu me rends service. J'ai planté mon beau brun sur son court de tennis. Je vais devoir me faire pardonner… Ça va chauffer dans les culottes ce soir !

Elle embrasse Marie en riant et quitte la pièce.

Marie reste quelques instants à observer sa feuille, elle entend le *repose-toi, ma belle* de Manon qui ferme la porte, crie *t'es la meilleure* en retour et regarde le pauvre hortensia dehors. Elle ne fera pas grand-chose ce soir, mais ça, elle peut le faire. Elle sort du grand coffre en plastique qui se trouve dans un coin de la terrasse tous les outils dont elle a besoin, s'agenouille devant la plante, la dépote avec délicatesse, l'arrose afin de nettoyer la terre des traces de son mal-être, replace l'hortensia dans son nouveau nid et prend du terreau qu'elle tasse autour des racines. Les minutes s'égrènent alors qu'elle pousse, lisse, aplatit, ajoute, vérifie, égalise. Voilà une activité qui lui fait presque oublier le temps, elle apprécie la tourbe sur ses mains et l'odeur de l'humus qui se mélange au soir qui tombe, et en observant ses ongles noircis, elle pense à son père, aux heures qu'il passait dans le jardin, aux soins qu'il prodiguait à chaque arbuste et Marie comprend tout à coup que c'est une communion avec l'univers, enraciner l'hortensia, c'est en même temps s'enraciner soi, et que c'est elle dont elle prend soin en recouvrant la plante de terre chaude. Elle remplit de nouveau l'arrosoir et là, avec l'eau qui se déverse sur la terre propre et renouvelée, elle découvre dans ce geste si simple face au soleil qui décline presque une forme de spiritualité : c'est son cœur à elle qu'elle nourrit et abreuve, enfin. En toute simplicité.

Marie se lève pleine d'espoir, malgré le poids qui réapparaît au creux de sa cage thoracique alors qu'elle s'habille. Elle prend conscience que rien ne va se résoudre rapidement, qu'il faudra gravir les étapes une à une. Comment a-t-elle pu croire qu'il en serait autrement ? Est-ce à ce point rassurant de penser que tout peut s'arranger sans effort ? Elle est soulagée d'entendre la voiture de Manon faire crisser les graviers et la tirer de ses errements. Soulagement de courte durée quand elle voit avec quelle énergie Manon claque la porte de sa voiture. Elle ne va pas la laisser s'apitoyer ni se complaire dans son mal-être bien longtemps, ça, c'est clair. Marie va devoir suivre la cadence, écouter et exécuter ce que Manon lui intime, à commencer par enfiler une tenue souple et une paire de baskets, et la retrouver devant la maison dans la fraîcheur du matin. *On marche d'abord un peu avant de trottiner*, voilà le programme que Marie suit sans protester, du moins au début parce que marcher, ça, elle sait faire, mais dès que Manon lance le mouvement, Marie sent bien que son corps n'a plus couru depuis la nuit des temps, qu'il est presque étonné qu'on le fasse rebondir comme ça d'un pied à l'autre, que le souffle lui manque très vite, qu'elle n'a plus aucune condition physique, mais elle s'accroche parce qu'elle n'a pas le choix, Manon a pris son rôle de cerbère au sérieux, chaque fois que Marie ralentit, Manon hurle *arrête de penser, cours !*

Dès le retour du jogging, Manon entraîne Marie dans la cuisine avec des sacs poubelles, la forçant à faire le tri dans les armoires, à jeter les bonbons secs qui traînent dans le fond des tiroirs, Manon est un vrai général qui déborde d'énergie, elles parlent peu, juste quelques indications : ce qu'on garde, ce qu'on jette, le linge qu'il faut laver, faire sécher, le frigo à nettoyer ou encore les jeux d'enfants à rassembler, le tout au son de la radio qui va à fond, *rien de tel pour se motiver*, affirme Manon. En fin de compte, c'est moins difficile que ce que Marie croyait, et le temps file, à tel point que, à midi, Marie se retrouve, une foreuse entre les mains, avec Manon qui l'encourage *on n'est pas plus connes que nos mecs, tu veux des étagères, fixe-les toi-même.* Tellement cliché mais, en même temps, elle prend conscience de l'état de léthargie dans lequel elle s'est engluée ces derniers mois. Comme si un troisième enfant l'avait rendue incapable d'être autre chose qu'une mère, que les jours et les semaines l'avaient ensevelie sans lui laisser la moindre possibilité de reprendre un peu son souffle, et que la mort de son père l'avait définitivement asphyxiée.

L'après-midi défile tout aussi rapidement. Marie continue à s'affairer sous la houlette inflexible de Manon, elle est émue de voir la maison revenir à la vie en même temps qu'elle et s'interroge, perplexe, sur ce qui a bien pu l'empêcher de mettre en place une routine avec Antoine et les garçons afin qu'ils veillent à ranger leurs affaires eux-mêmes sans qu'elle ait à chaque instant l'impression d'être la boniche de tout le monde. Qu'il est bon de faire place nette autour d'elle et, ainsi, de regagner peu à peu la dignité qu'elle croyait perdue.

Il est dix-sept heures quand elles s'autorisent enfin à s'enfoncer dans le canapé, savourant une cigarette, récompense suprême à tous leurs efforts.

— Alors, heureuse ? s'enquiert Manon avec une fausse virilité.

— Je n'en reviens pas de tout ce qu'on a fait.

Manon sort la liste de sa poche et commente chaque point avec attention.

— Bon, ça, c'est fait. Ça, c'est fait. OK. Ton père. C'est quoi la solution ?

— Aller voir le fameux Philippe, là…

— Tu as son adresse ?

— Oui.

— Tu vas y aller quand ?

— Peut-être que ça ne sert à rien, en fait…

— Dis ! Tu vas arrêter avec ta frilosité à deux balles ? Bouge tes fesses ! OK, coche-t-elle sur la liste, demain matin. Et pour Charles ?

— Que veux-tu que je fasse ?

— Ben j'en sais rien, moi. Tu as des sentiments pour lui ? Fais gaffe, parce que si tu me dis oui, je vais me vexer, parce qu'à part me répéter qu'il avait un beau cul à l'époque où tu voulais absolument me caser avec, tu ne m'as jamais parlé de lui.

— Non, t'inquiète. Ça fait vingt ans qu'on se connaît, si j'avais dû craquer, ce serait déjà fait depuis longtemps. Je ne sais pas ce qui m'a pris.

— Tu as envie de recommencer ?

— Non. Oui. Peut-être. Mais ce n'est pas Charles, tu comprends ? J'ai envie de me sentir vivante contre le corps de quelqu'un.

— D'Antoine ?

— Oui… Mais si c'est pour recommencer comme avant, on va droit dans le mur.

Manon trace des flèches à travers les colonnes. Elle énonce sa réflexion comme si c'était extrêmement simple.

— Bon, ben tu appelles d'abord Charles et tu t'excuses. Antoine, il t'a laissé jusqu'à après-demain, donc tu réfléchis clairement à ce que tu veux changer entre vous et tu vois comment il réagit à ta proposition. Pour l'école, euh… bah pour l'école : tu es encore en arrêt, non ?

— Oui, toute la semaine.

— Rien ne t'empêche de prolonger, si ? Ou de réfléchir à d'autres alternatives. Pourquoi pas une réduction d'horaire ? Tu pourrais prendre le temps d'écrire ?

— C'est vrai, j'ai trois carnets pleins d'idées.

— Ah bah voilà, donc tu t'y mets ce soir.

— Et pour l'école, je fais quoi alors ?

— Une chose à la fois.

— Et ma mère ? Je fais quoi avec ma mère ?

— Si tu arrives déjà à accomplir 80 % de la liste, c'est pas mal. Ta mère… Pfuuu… Gros dossier, ta mère. On verra après. De toute façon, ça ne dépend pas que de toi.

— Oui, puis je suis pas sûre d'être capable, là maintenant, de…

— Justement. Justement. On verra.

— Je ne pourrai jamais assez te remercier.

— Pour ça, rien de plus simple : fais tout ce que tu viens de me dire ! conclut Manon en tapant des mains.

Elle jette un œil à gauche, à droite. *Sympa la baraque !* Elle joue l'émerveillée, virevolte en chantonnant sous les yeux de Marie qui lui sourit et la suit jusqu'à sa voiture. Sur le pas de la porte, en faisant signe à son amie qui s'éloigne, un sentiment de déjà-vu la saisit, elle revoit son père lui faire de grands gestes, il lui disait adieu en fait, à elle et aux petits, et cela la bouleverse. Et dans l'immobilité de ce moment qui se répète, elle lance à son tour de grands gestes vers la voiture déjà loin, ce n'est pas le même jour, ce n'est pas la même lumière, et ce n'est pas son père qui s'en va, mais c'est bien à lui qu'elle envoie tout son amour à travers cette main qu'elle agite vers l'infini.

Marie s'est immergée dans un bain. L'eau chaude l'apaise, l'entoure et l'inonde de douceur. Pourtant, elle culpabilise un peu de penser que ces quelques jours seule pour faire le point, sans les enfants, sont véritablement délicieux. Pas de cris, pas d'impératifs, pas de sollicitations constantes, et surtout un calme étonnant qu'elle savoure. Si elle est vraiment honnête avec elle-même, elle doit avouer qu'elle aimerait que cela arrive plus souvent. Difficile à juguler avec trois enfants, mais l'idée de Manon de la faire réfléchir à ce qu'elle voudrait vraiment sans se mettre de barrières lui ouvre de nouvelles perspectives. Après tout, d'autres femmes, d'autres mères arrivent à dégager du temps pour elles, non ? Elle qui s'est toujours vue en reine de l'organisation comprend qu'elle gère très mal son planning. Parce que, finalement, à force de faire mille choses à la fois, elle n'est jamais dans rien, elle profite à peine ou si peu, et semble courir après les heures et les envies comme après un ballon qui s'envole. Et rien que le fait de prendre le temps de réfléchir est déjà en soi régénérant. Une seule voix dans la tête. Personne qui lui dicte ce qu'elle doit faire. Aucune obligation.

Et elle s'en rend bien compte, à présent qu'elle repose dans l'eau fumante : il est primordial qu'elle se recentre sur elle-même. Elle s'aperçoit tout à coup qu'elle a toute la nuit devant elle, toute la nuit parce qu'elle ne doit pas se lever aux aurores avec les petits, parce qu'elle peut, si elle le souhaite, aller dormir à quatre heures du matin, un boulevard de temps se déroule jusqu'au lendemain. Alors, elle pense à Antoine qui est chez ses parents, Antoine qui ne lui manque pas vraiment, mais n'est-ce pas normal après seulement deux jours ? Antoine qui l'a tant agacée ces derniers mois, qui n'a pas pu ni su être auprès d'elle, Antoine qui lui a dit des choses très dures avant de partir. Est-ce parce qu'il se tracasse sincèrement pour elle qu'il s'est ainsi senti piégé ? Maintenant qu'elle se repasse le film dans sa tête, c'est vrai qu'il est formidable avec Léna depuis sa naissance, il ne s'est pas levé une seule fois en jurant ou en se plaignant de ce petit bout dont il fallait s'occuper, et il a beaucoup soulagé Marie dans le quotidien depuis le décès de son père, peut-être que cette pause lui fait prendre conscience que le problème n'a jamais été Léna, mais le chemin que prenait leur couple. L'année avait été chaotique, avant même la naissance. Antoine avait eu des divergences irréconciliables avec un collègue, leurs points de vue respectifs en termes d'architecture avaient évolué dans deux directions opposées. Antoine était tendu, susceptible, et il exigeait que la maison déborde de vie, qu'ils fassent mille et une activités avant que la petite soit là, comme s'il redoutait que la naissance vienne mettre un coup d'arrêt à leur épanouissement. De son côté, Marie, d'ordinaire la plus dynamique, n'aspirait qu'à des soirées au chaud devant un bon film, ne supportait plus les samedis après-midi où il fallait faire les courses tous ensemble, aller à la piscine, au stade, les garçons finissant toujours par se chamailler, elle accompagnait Antoine qui flânait des heures dans les librairies en quête de sa prochaine lecture tandis qu'elle subissait son gros ventre fatigué et ses pieds enflés. Elle se sentait mal dans ce corps déformé, il lui semblait que sa féminité disparaissait avec l'arrondi de ses formes, parce qu'elle n'était pas de celles qui portent l'enfant uniquement dans leur ventre, non, Marie, elle, gonflait de partout, du visage, des bras, des mollets, elle se sentait de plus en plus mère et de moins en moins femme, et à l'aune de ce qui se jouait là ce soir dans ce bain miraculeux, elle se dit qu'elle menait sa vie de mère comme s'il s'agissait d'une forteresse assiégée. Son cocon était devenu prison. Il était temps qu'elle apprenne à fermer les portes, à délimiter des moments pour elle afin de mieux donner ensuite. Et puis, peut-être qu'inconsciemment elle avait en effet imposé cette grossesse à Antoine, elle avait toujours voulu trois enfants, un cinquième visage manquait sur leurs photos de famille, et elle ne voulait pas laisser passer le temps. Quand Jean avait eu deux ans, Antoine avait balayé l'idée d'un *c'est trop tôt, on verra quand les garçons seront plus grands*, mais elle craignait d'attendre et d'être trop fatiguée pour avoir l'énergie de recommencer. Antoine avait alors invoqué son projet de roman, comme si cela risquait de le compromettre, elle s'en était agacée, s'offusquant qu'il ne lui fasse pas confiance pour mener les deux de front. Il avait raison. Peut-être avait-elle tendance à préférer la dernière place ? Ou bien elle se croyait plus forte qu'elle ne l'était vraiment ? Quoi qu'il en soit, elle ne voulait pas reproduire ce qu'elle avait connu enfant : une mère présente sans être là, une mère pour qui tout semblait plus important que le temps passé avec sa propre fille, une mère sans cesse débordée alors qu'elle ne travaillait pas, une mère qui disait *mais va donc jouer un peu plutôt que de te pendre à mes jupes ! Tu ne vois pas que je suis occupée ?* une mère qui préférait feuilleter les prospectus publicitaires que de lui lire une histoire. Et c'est en pensant à cela qu'elle comprend tout à coup la vie que sa mère avait dû mener. Noyait-elle son ressentiment, sa déception ou sa colère dans des activités futiles ? Marie se souvient d'une femme éteinte, qui jouait à la réussite pendant des heures en donnant des ordres à Brigitte, venue chaque matin durant trente ans faire le ménage, repasser et préparer le repas chaud de la journée. Que faisait sa mère de ces heures interminables tandis que les autres mamans avaient un métier, une vie sociale ancrée dans les années 1980, ces années qui avaient vu éclore le carriérisme au féminin ? Sa mère était simplement « l'épouse du Dr Lalois », comme si c'était un statut en soi, comme si ça suffisait pour être comblée. C'est sûr que cela devait être plus agréable que d'aller pointer tous les jours à l'usine, mais il y avait dans cette dénomination la négation même de son identité. En avait-elle souffert ? En épousant son père, elle s'était imaginée sans doute voir du pays, vivre la grande vie et non la passer dans une maison cossue, certes, à attendre de longues heures que son Jacques rentre. Et Marie s'interroge ensuite sur sa propre négligence. Comment avait-elle pu grandir dans cette famille traversée de sentiments si complexes sans jamais s'en apercevoir ? Il y avait bien eu des disputes, des éclats ou des guerres lasses, mais elle en avait détourné le regard. Finalement, à part dire qu'elle avait eu une enfance heureuse – mais qu'est-ce cela signifiait vraiment ? – elle avait peu de souvenirs de choses profondes, comme si elle avait gommé entièrement les ressentis qui étaient en rapport avec les siens, comme s'il avait fallu être le plus possible dans la normalité, sans fracas, sans bruit, sans intensité, presque dans un effacement choisi et reconnu. Marie avait été une enfant sage et studieuse qui se conformait aux exigences maternelles et qui aurait tout donné pour prolonger les instants de grâce qu'elle vivait avec son père. Ces instants où la vie reprenait le dessus, où il la faisait sauter haut, la prenait sur son dos ou ses épaules, lui courait après, la chatouillait jusqu'à ce qu'elle crie *pitié*. C'était intense et pourtant toujours trop court. Mais c'est ce que sa mémoire avait choisi de conserver. L'excitation qui monte et qui se disperse dans un fou rire.

Marie sort du bain, revigorée. Fourmillant d'idées pour son roman. Ou, pour être plus juste, de sensations qui allaient nourrir son inspiration. Elle s'aperçoit que toutes ces émotions sont tellement fortes qu'elle pourrait, sans aucune difficulté, les transposer dans un autre monde et les insuffler à un personnage. Que c'est ainsi que l'on se souvient de la vie, que c'est ainsi que l'on se remémore sa pulsation et qu'on peut alors la transmettre. Elle y consacre toute sa soirée, pressent qu'elle tient enfin quelque chose, un fil entre ses doigts qu'il suffit de tirer un peu pour que l'histoire s'écrive. Elle se couche vers trois heures du matin, satisfaite et épuisée d'une agréable fatigue. Elle a même résisté au verre de vin. Elle doit bien admettre qu'avec un père qui a souffert d'addiction, Manon a raison de s'alarmer, il lui faut être vigilante. Lorsqu'elle enfonce sa tête dans l'oreiller, elle repense à Charles. Et même s'il n'est qu'un prisme réfractant sa propre solitude, elle laisse sous ses paupières vagabonder le fantasme de la surprise, de la bousculade, de l'impétuosité de deux corps qui ne résistent plus et cèdent, de la douce violence des vêtements qui s'arrachent, des salives qui se mélangent et des mains qui veulent étreindre la peau dans l'urgence. C'est peut-être cela qui manque le plus à sa vie : la force vive et pulsionnelle des corps qui se reconnaissent et s'abandonnent.

Le lendemain matin, Marie s'étonne d'être en forme. Son corps réclame de l'action, et elle a enfilé, avant même de s'en être aperçue, sa tenue pour aller courir. À son retour, elle téléphone à la psychologue que Manon lui a conseillée, un peu stressée par ce qu'elle va bien pouvoir dire. Finalement, la phrase *mon père s'est suicidé il y a deux mois et je voudrais réfléchir à tout cela* sort spontanément, et elle est soulagée d'entendre une voix bienveillante lui proposer un rendez-vous assez rapidement, malheureusement pas avant le délai imposé par Antoine, mais en fin de semaine. De toute façon, pense-t-elle dès qu'elle a raccroché, il n'y a aucun suspense concernant Antoine, elle sait déjà qu'elle va le rejoindre le lendemain et espère sincèrement qu'il ne l'accueillera pas avec froideur. Brusquement, elle doute. Comment va-t-il réagir à son histoire ? Lui en voudra-t-il d'avoir gardé le silence depuis samedi ? Et plus elle pense à lui, plus elle s'affole. Elle n'a pas donné de nouvelles. Aucune. Et si Antoine avait fait tout ça dans le seul but qu'elle coure derrière la voiture en criant *reste, je t'en prie, je t'aime ?* Elle n'y a pas pensé une seule seconde. Elle hésite à lui envoyer un message, mais tout ce qu'elle trouve à dire lui semble surfait ou forcé. Tant pis. Elle assumera. Il lui a donné cinq jours, après tout. Il n'a pas demandé qu'elle appelle les enfants tous les soirs. Mais bon. Quand même. Si elle inverse les rôles, elle doit bien reconnaître qu'elle l'aurait un peu mauvaise. C'est donc avec un soupçon de culpabilité qu'elle attrape son sac et sort. Le soleil inonde son visage et l'éblouit, elle lève la tête pour regarder vers le ciel, et il lui semble tout à coup qu'elle respire mieux, que le bleu est moins bas, comme si l'horizon avait reculé pour lui laisser plus de place.

Marie est en route et elle n’a pas besoin du GPS pour la guider. La rue, elle la connaît. Elle se souvient du trajet qu’elle a fait chaque dimanche jusqu’à ses treize ans. C’est un quartier sans prétention où les petites habitations se serrent les unes contre les autres et, de-ci, de-là, une maison plus imposante qui fait la fière. Celle de ses grands-parents est une propriété minuscule vendue dix-huit ans plus tôt, quand ils ont été placés en maison de repos avant de s’éteindre tous les deux à trois semaines d’intervalle. Elle la reconnaît dès qu’elle la voit et, aussitôt, son enfance remonte à la surface. Elle n’a rien oublié de l’odeur du poulet rôti de sa grand-mère, des pommes de terre persillées rissolées à la poêle et du pudding à la vanille encore fumant. Tout s’organisait en fonction du repas dominical qui les réunissait autour de la table. Là-bas, la nourriture prenait le pas sur le verbe. Marie était l’enfant unique, issue d’un fils unique, qu’il fallait remplir pour l’occuper tandis que chacun suivait sa partition : son père lisait le journal dans son fauteuil, sa mère regardait distraitement par la fenêtre, lâchant deux-trois phrases pour donner le change, et ses grands-parents jouaient avec elle jusqu'à l'heure du goûter. Tout le monde semblait trouver la situation normale. Mais, à l'heure des comptes, Marie prend conscience qu'elle ignore tout de ses grands-parents. Elle se souvient de leur mort, ça oui. D'abord sa grand-mère, suivie quasi immédiatement par son grand-père. Elle se rappelle que son père n'a pas vraiment pleuré. Tout au plus a-t-il essuyé une larme en lui disant d'aller jouer dans sa chambre. Elle a sangloté seule devant ses poupées avec lesquelles elle inventait encore des histoires à l'aube de l'adolescence. Mais elle s'est vite reprise. Elle ne sait pas pourquoi. D'ailleurs, elle a tout oublié des enterrements. Ils étaient morts, voilà tout. Ils étaient très vieux, c'était dans l'ordre des choses. Après, ils semblent avoir disparu de leurs discussions, de leur mémoire. Comme si leur vie n'avait eu aucune incidence sur la leur.

Elle observe la maison voisine qui est beaucoup plus cossue. Quatre façades. Un porche. Un jardin devant, et un muret qui le sépare de la rue. Celle de ses grands-parents, petite malheureuse, fait pâle figure à côté de celle de l'ami de son père. Ainsi, contrairement à ce qu'on lui avait toujours raconté, les deux fils étaient restés amis au-delà de l'enfance. Et c'est en regardant ces deux maisons d'autrefois qu'elle comprend à quel point on ne lui a rien confié, rien relaté, comme si ses parents avaient choisi de composer une cellule familiale à trois en niant totalement la vie avant elle. Et, pour la première fois, cela lui semble être une évidence dont elle serait presque honteuse : ne pas connaître les siens, c'est presque comme ne pas se connaître soi.

C'est un homme âgé qui lui ouvre. Enfin, âgé, pas tant que ça, l'âge de son père en fait, mais il porte une barbe blanche fournie, pour peu, avec quelques kilos en plus il pourrait se faire passer pour le père Noël. Un père Noël peu soigné, se dit Marie, en énonçant son nom avec l'hésitation de ceux qui ne sont pas certains d'être à la bonne adresse.

— Mon Dieu, Marie ! Enfin ! s'exclame-t-il, soulagé, en ouvrant la porte si grand qu'elle heurte une vasque. J'ai cru que tu ne viendrais jamais. Entre.

Elle s'attendait à tout sauf à ça. Marie, désarçonnée, entre un peu à reculons. Elle recompose l'image du funérarium. C'est bien l'homme qui a béni le cercueil à l'envers, elle n'est pas sûre qu'elle l'aurait reconnu en le croisant par hasard. Il faut dire qu'elle l'a plus vu pleurer de dos que de face. Il l'invite à le suivre dans ce qui s'apparente à une garçonnière, des journaux traînent au sol et forment des piles d'une manière aléatoire, des verres et des tasses vides sont dispersés sur la table basse.

— Excuse-moi, je n'attendais pas de visite aujourd'hui, se justifie-t-il en lui indiquant un fauteuil. Tu veux boire quelque chose ?

Marie, intimidée, fait non de la tête. Un long silence suit. L'homme se dirige au ralenti vers la cuisine. Elle ne sait pas quoi dire, se frotte les mains l'une contre l'autre avec nervosité en se demandant ce qu'elle fait là. C'est lui qu'elle aurait dû avoir comme parrain ? Ce type déconcertant qui revient avec une bière à la main ? Son cauchemar est sans fin. Il boit une gorgée et la regarde.

— Tu as les yeux de ton père.

Elle n'a pas envie qu'on la compare à son père. Puis, elle n'aime pas cet endroit, il y fait sombre, ça sent la poussière et l'air vicié, c'est la maison d'un homme qui se laisse complètement aller. Pourtant, au mur, il y a des photos d'enfants, un garçon et une fille, à tous les âges, et à les voir ados en chemises en jean délavées et bandanas fluos typiques des années 1980, ils doivent avoir à peu près le même âge qu'elle.

— Ce sont vos enfants ?

Philippe lève les yeux vers le mur.

— Oui. Ils sont grands maintenant. Michaël a cinq ans de plus que toi et vit au Québec. Laurence, elle, vit pas loin d'ici, mais je ne la vois plus beaucoup depuis que sa mère m'a quitté, explique-t-il en se raclant la gorge. C'est une longue histoire. Tu es sûre que tu ne veux rien boire ?

Marie se sent de plus en plus oppressée par ce préambule maladroit. Elle voudrait aller droit au but, entendre ce qu'il a à lui révéler et se barrer vite fait. Heureusement, Philippe a l'air aussi embêté qu'elle et prend les devants.

— Il faut que tu saches que je ne voyais plus beaucoup ton père. Mais il n'en demeure pas moins mon ami.

— Comment avez-vous appris son décès ? Nous n'avons pas communiqué la nouvelle, on était sous le choc, et mes parents avaient finalement peu de relations. Maman a été surprise de vous voir.

— C'est ton père qui m'a prévenu.

— Pardon ? demande Marie en se redressant dans le fauteuil. Je ne comprends pas ce que vous dites, c'est mon père qui… ?

— Oui, oui, tu as bien compris, c'est ton père qui m'a annoncé sa mort. Le mardi 8 février, j'ai reçu un colis de sa part. Il y avait un petit mot qui disait *Salut l'ami, Je m'en vais faire un p'tit tour. Ne pleure pas.*

Donne ceci à Marie le jour où elle comprendra qui était son père.

Philippe se lève, prend un carton qui se trouve à côté du canapé et le dépose sur ses genoux. C'est un paquet assez imposant et lourd, et Marie est tellement surprise qu'elle ne sait plus où poser les mains.

— Tu n'es pas obligée de l'ouvrir ici. Quand j'ai reçu ça par la poste, j'ai d'abord cru à une blague. Puis j'ai su. Parce que Jacky, essaie-t-il de poursuivre en maîtrisant son émotion, parce que Jacky disait toujours ça de ceux qui étaient morts… qu'ils étaient partis faire « un p'tit tour » de l'autre côté.

Philippe sort un grand mouchoir en tissu de sa poche et se tamponne les yeux avant même qu'une larme ait coulé.

— Et c'est tout ce qu'il y a sur le mot ? s'enquiert Marie en se cramponnant au colis. Il ne dit rien d'autre ? Il ne dit pas ce qu'il y a dedans ?

— Non, rien de plus. Et je ne sais pas ce qu'il y a dedans. Pas plus que je ne sais pourquoi il me l'a envoyé à moi et non à ta mère… C'est à toi de le découvrir.

Marie a chaud, Marie est incapable de réfléchir, Marie se lèverait bien pour partir et ouvrir cette grosse boîte en carton. Mais elle est paralysée dans le fauteuil, elle ne sait plus si elle a envie de connaître la vérité, parce que chaque pas en avant est un rappel des simulacres de son père. Elle n'a rien de lui. Tout ce qui lui reste, c'est une chemise de jardinage et un dessin qu'il aimait. Elle n'a rien, si ce n'est un truc lourd sur ses genoux.

— Pourquoi vous êtes-vous perdus de vue ? demande-t-elle tout à coup pour s'accorder un répit.

— Ton père ne supportait pas que je le raisonne ou le retienne quand il voulait jouer. Il ne supportait aucune contrainte, d'ailleurs. On était soit avec lui, soit contre lui.

— Il était comment, enfant ?

— Je ne sais pas ce qu'il t'a dit de son enfance, mais ce n'était pas la fête tous les jours chez ton père. Ses parents l'ont étouffé, il ne pouvait jamais rien faire, il devait étudier beaucoup et, quand il ne rentrait pas à l'heure convenue, son père sortait le ceinturon. C'était encore comme ça dans beaucoup de familles à l'époque. Mais pas chez moi. Et ma mère adorait ton père, elle disait de lui qu'il était un rayon de soleil. Dès qu'il a eu sept ans, il est venu en vacances avec nous. Je ne sais pas comment ma mère avait négocié les choses avec eux mais, à partir de là, il venait toujours avec nous un mois en été et une semaine à Pâques. On était très proches, deux fils uniques devenus frères durant toute notre enfance et notre adolescence. On n'était pas les derniers pour faire des conneries. Après son service militaire, ton père s'est décidé pour la médecine, et on a fait nos premières sorties, nos premières rencontres. Ton père était un vrai tombeur, il ramassait les filles à la pelle.

— Comme la femme qui était là avec vous au funérarium ? C'était sa maîtresse ?

— Oh… Catherine a été le grand amour de ton père. Elle faisait médecine avec lui. C'était une fille de feu, brillante, sublime, en gros, la fille dont toute la promo rêvait. Elle venait d'une famille très aisée, et je crois que ton père s'est senti fier qu'elle le choisisse.

— Mais ils se sont mariés ?

— Mariés ? Non. Catherine avait beau aimer ton père de tout son cœur, ses parents avaient prévu autre chose pour elle que d'épouser un fils d'ouvrier. Très vite, ton père a su qu'il ne serait jamais accepté dans cette famille, mais il s'en fichait, il pensait qu'une fois son diplôme en poche ça compenserait son modeste pedigree. À peine prononcé leur serment d'Hippocrate, ils se sont inscrits tous les deux en neurologie, ton père était convaincu que cette voie lui permettrait d'être accepté par la famille de Catherine. Mais au bout d'un an, elle l'a quitté, et a épousé trois mois plus tard le fils de notaire qu'on lui destinait. Ton père est devenu fou, il a d'abord cru qu'on la mariait contre son gré, mais il a dû se rendre à l'évidence : Catherine avait fait volte-face et n'était pas celle qu'elle prétendait. C'était un homme brillant, tu sais. Promis à un grand avenir. Mais il a tout arrêté après ça. Ces années-là ont été terribles pour lui. Ton père s'est installé comme généraliste, il a repris sa vie de célibataire, travaillant comme un forcené avant d'aller passer la nuit dehors, on s'est moins vus, je m'étais marié, j'avais une vie plus rangée que la sienne. Je pense que c'est à partir de là qu'il a commencé à déraper. Il jouait au poker, il misait un peu d'argent. Il a beaucoup voyagé. Une femme dans chaque port, comme on disait ici dans le quartier. Tes grands-parents étaient furieux. Ils ont même menacé de le déshériter. Mais il s'en foutait, ou faisait semblant. Financièrement, il n'avait pas à s'en faire, il vivait seul avec son salaire de médecin.

— C'était en quelle année ?

— Fin des années 1970. Puis, il a rencontré ta mère. Je n'ai jamais compris ce qu'il y avait eu entre eux, j'ai cru qu'elle serait une gamine de plus qu'il ramenait de soirée, elle avait à peine vingt ans. Ta mère était très belle, elle ressemblait un peu à Catherine, grande, mince, élancée, mais elle était froide. Excuse-moi, je ne devrais sans doute pas te dire ça de ta mère, mais je n'ai jamais accroché avec elle. Ils sont sortis ensemble quelques semaines, je pensais que ton père s'amusait, puis il m'a annoncé qu'elle était enceinte, et là, tout s'est accéléré. On est restés très proches jusqu'à quelques mois avant ta naissance.

Marie essaie d'intégrer toutes les informations, son père amoureux puis dévasté, sa mère qui n'a été que l'image tronquée d'une autre, leur histoire vouée à n'être qu'une passade, et sa naissance à elle qui avait finalement scellé deux destins incompatibles. Philippe boit quelques gorgées, lui donne le temps, se donne le temps aussi, puis reprend.

— Ta mère devait être enceinte de trois mois et, pour me remercier d'avoir accepté d'être parrain, oui, j'aurais dû être ton parrain, ton père m'a emmené jouer au casino. C'est ce soir-là que j'ai compris qu'il avait un problème. Il allait mal. J'aurais dû m'en rendre compte plus tôt. J'ai essayé de lui reparler de Catherine, mais il n'a rien voulu entendre, m'a dit qu'il s'en foutait, que c'était du passé, qu'on ne devait plus prononcer son prénom. Il a perdu une grosse somme d'argent, quasi toutes ses économies de l'époque, je ne sais pas si tu imagines ce que cela représente, mais c'était énorme. Je lui ai dit d'en parler à Liliane, mais pour lui il en était hors de question. Il a dit qu'il allait se refaire, pas besoin de l'inquiéter, c'était notre secret, un de plus. N'empêche qu'il était dans de beaux draps. Alors je lui ai prêté de l'argent pour que ta mère ne se rende compte de rien. La pire connerie que j'ai faite. Parce que, quelques semaines après, quand j'ai compris qu'il ne me le rendrait jamais, ma femme s'en est mêlée, on s'est disputés avec ton père, et il a coupé les ponts. J'ai appris ta naissance, conclut-il en s'essuyant les yeux, par mes parents qui l'avaient appris des siens. Ils étaient si heureux qu'il revienne à une vie normale et fonde enfin une famille. Tu sais, ils avaient espéré ton père pendant des années, je crois que ta grand-mère avait quarante-trois ans quand elle l'a eu, tu t'imagines, c'était presque un miracle. Et quand tu es arrivée, une fille en plus, tu imagines leur joie ! Mes parents pensaient que ta naissance nous réunirait, mais ça n'a pas été le cas. Par la suite, avec ton père, on se croisait de loin en loin, mais il savait que je savais et c'était sans doute trop pour lui. Il m'a progressivement exclu de sa vie. Je suppose qu'il avait peur que je révèle quoi que ce soit à ta mère.

— Pourquoi n'a-t-il alors rien dit à ma mère ?

— Je ne peux pas te répondre. Il y avait des parts d'ombre en lui. Ton père avait beaucoup de fierté. Je crois que décevoir qui que ce soit ne faisait pas partie de son projet. Je crois aussi qu'il ne s'est jamais remis de la trahison de Catherine. Il a sincèrement essayé de l'oublier, il y a même cru en se mariant avec ta mère, mais il a été forcé d'admettre qu'ils ne se convenaient pas.

— Comment se fait-il que vous soyez venu à mon mariage ?

— On s'est revus après sa première cure. Il avait arrêté de jouer et tentait de se reconstruire. Il devait reprendre contact avec tous ceux qu'il avait blessés pour faire amende honorable, selon le même principe que chez les alcooliques anonymes. Il faut dire que, à force d'emprunter de l'argent à tous ses amis, il avait fait le vide autour de lui. Moi, j'étais encore là. Il m'a remboursé tous les mois pendant trois ans. J'étais si heureux de le voir mieux dans sa peau. Mais rien n'a jamais plus été comme avant entre nous. Et ton père n'arrivait toujours pas à en parler. On l'avait élevé ainsi. Faire comme si de rien n'était, ne surtout pas laisser voir ses faiblesses. Si tu savais les efforts que ça lui a coûtés de vous masquer ce qu'il vivait. Ta mère ne l'a su que bien des années plus tard, ainsi que tes grands-parents. Je pense que son geste terrible était le moyen de t'épargner cette réalité-là. C'était plus simple pour lui de partir que de te décevoir…

— Comment mes grands-parents l'ont-il appris ?

— C'est ta communion qui a tout fait exploser. Ta mère était folle de rage et leur a déballé le pot aux roses. Ils ne pouvaient pas comprendre cette addiction. Nous, aujourd'hui, on sait qu'il s'agit d'une maladie, mais à l'époque, c'était ni plus ni moins qu'un comportement irresponsable et égoïste. Il suffisait d'arrêter. Rien de plus simple. Tes grands-parents étaient déjà très âgés, c'était une autre génération, ils redoutaient par-dessus tout la honte si les gens l'apprenaient, il fallait à tout prix cacher la vérité. Je crois que ça leur a porté le coup fatal, ils sont morts peu de temps après.

Marie est émue par ces fragments de vérité qui s'assemblent. Son corps est traversé par un accablement intense, mais son cœur semble se délester de la couche de givre épais qui le recouvrait. C'est un dégel de printemps très lent, elle voudrait être déjà en été, mais elle sent qu'elle va devoir éprouver chaque étape de la renaissance. Elle finit par s'extirper du fauteuil, dit *merci*, s'approche de Philippe et l'embrasse. Il lui donne des petites tapes dans le dos qui signifient *je sais, je sais, je sais, tu reviens quand tu veux si tu as d'autres questions*, elle fait oui de la tête, ses lèvres tremblent, elle sent la boule dans sa gorge, mais qui ne l'étouffe plus, qui l'empêche simplement de prononcer un mot de plus, alors Marie déglutit, parce qu'il faut bien, prend le paquet et fait un pas devant l'autre avec son trésor dans les bras jusqu'à la porte qu'il lui ouvre. Lorsqu'elle démarre la voiture, sa main droite est posée sur le colis à côté d'elle, pour peu elle l'attacherait avec la ceinture afin d'être sûre qu'il ne lui arrive rien. Elle s'arrête sur le bas-côté un peu plus loin, à l'abri des regards, observe le cachet de la poste daté du 7 février et le papier adhésif qui scelle l'ouverture. Elle s'étonne de ne pas l'éventrer d'un coup avec sa clé de voiture, dompte sa coutumière impatience et se contente d'une caresse. Elle redémarre. Car ce paquet, c'est tout ce qu'il reste de son père, c'est son âme qui vibre avec les soubresauts de la route, ce paquet, c'est ce qui résiste face au notaire qui lui dit qu'il n'y a rien d'autre que des comptes vides, un cercueil et une mise en terre à payer, ce paquet, c'est tout simplement et en vérité une relique ou un don de Dieu.

Arrivée à la maison, elle le posera sur la table et le contemplera longtemps avant de trouver la force de le déflorer. Elle prendra alors un couteau pour fendre le colis en deux, même l'emballage est précieux, elle écartera les pans avec délicatesse et découvrira une autre boîte cartonnée plus petite qu'elle retire en se rappelant la matriochka rapportée par son père. Elle observera ce nouveau contenant, s'y cramponnera comme à une dernière chance et remarquera une phrase rédigée à la main en haut à droite. Elle la lira comme le premier vers d'un texte sacré. *Pour quand tu étais petite.* Et, soudain, cet adjectif réveille en elle le souvenir d'avoir été cette petite fille tant aimée, alors elle n'hésite plus et, d'un geste ferme et tranchant, délivre le contenu. Un coffret apparaît sur lequel est collé une carte blanche avec l'écriture de son père, qui cite Claude Lévi-Strauss : « Le savant n'est pas l'homme qui fournit les vraies réponses ; c'est celui qui pose les vraies questions. » Et là, elle sait ce qui l'attend, il lui suffit de soulever le couvercle en métal pour découvrir dans un lit de velours rouge le microscope qu'il lui avait promis. Ses mains tremblent tellement qu'elle peine à saisir un boîtier, plus plat et plus étroit, coincé contre l'instrument, et sur lequel elle distingue la même phrase que la première, ou presque, elle approche ses yeux voilés de larmes, essaie de contenir le flot qui s'apprête à la submerger, et lit *Pour quand tu seras grande.* Il n'y a pas besoin de plus pour qu'elle se répande en sanglots, *petite* et *grande* voilà bien deux âges qu'elle voudrait revivre avec son père ici et maintenant en détenant désormais une autre compréhension de la vérité.

Ce qui la traversera à partir de là n'appartient qu'à elle. Aucune pensée n'éclot dans son esprit, juste une émotion forte qui se déploie en son centre, elle n'hésite plus, elle découvre dans le petit coffret, qu'elle ouvre avec fébrilité, un carnet Moleskine noir accompagné d'un étui large et luxueux Montblanc dont le nom est déjà une promesse. Elle s'arrête quelques minutes parce qu'elle pleure, parce que son corps s'incline devant la beauté du moment, parce que ses épaules sont secouées de soubresauts. Il la connaissait si bien. Elle effleure la couverture souple du Moleskine, s'en saisit, elle inspire à pleins poumons comme si elle respirait pour la première fois, de ses yeux s'écoulent le manque, la perte, la douleur, mais aussi l'amour et, peut-être, un début de pardon. Avec beaucoup de pudeur et de délicatesse, elle ouvre le carnet. Sur la première page, une dédicace de son père *Je suis mieux là où je suis. Raconte-moi la suite. Je t'écoute ici. Sur chaque feuille blanche que tu couvriras de mots. Papa.*

Elle songera alors à l'importante symbolique de la poupée russe, pourtant si rapidement oubliée dans un tiroir sans qu'à l'époque elle n'y ait vu plus qu'un jeu de contenant contenu. Elle comprendra que le message véritable de son père réside dans ce chemin qu'il n'a pu lui-même emprunter : celui d'accepter enfin par cette mise en abyme que l'enfant que l'on a été reste éternellement noyau à l'intérieur de soi-même et ne peut réapparaître que si l'on s'autorise à retirer les couches successives qui l'ont peu à peu étouffé.

Plus tard dans l'après-midi, Marie enfile la chemise de son père avec l'impression fugace de se glisser dans son odeur, et sort sous un ciel strié de nuages que le vent balaie au-dessus de sa tête. Elle s'attaque au parterre défraîchi, s'agenouille pour être au plus près du sol et purge la terre de ses mauvaises herbes. Elle vacille toujours entre les émotions fortes qui la traversent depuis des semaines et l'inquiétude sourde et incessante de ne pas y voir clair encore pour la suite. Comment reconstruire son couple, voilà bien la question qui encercle sa pensée. Elle a toujours pensé qu'ils étaient plus forts que les autres, elle a voulu croire que la fatalité des couples qui se déchirent était une réalité qui ne les toucherait pas, mais n'est-ce pas l'apanage de tous les êtres qui s'aiment de s'imaginer ainsi invincibles ? Le quotidien et la mort sont passés par là, et elle comprend qu'elle vit maintenant la même situation déliquescente que tant d'autres avant elle. Et au fur et à mesure que les plantes sont libérées de leurs envahisseurs, le jardin devient plus vaste, comme si leur négligence à elle et Antoine l'avait étriqué. Elle se repasse la conversation avec Philippe, essaie de mettre toutes les informations bout à bout, les croisant avec le récit de sa mère, tente de dessiner un tableau complet, mais comprend qu'il ne s'agira jamais que d'une mosaïque subjective. Elle voit bien de loin le dessin se former, mais certains fragments ne s'imbriquent pas les uns dans les autres. Peut-être, finalement, n'avons-nous de nos êtres chers qu'une perception limitée, fonction de ce qu'ils veulent bien révéler d'eux-mêmes ? Cette interrogation se mue en une certitude dont le goût est âpre : jamais elle ne pourra appréhender véritablement qui était son père.

Elle est au jardin depuis une bonne heure lorsqu'elle entend tout à coup les graviers crisser sous des pneus de voiture. Elle se redresse sur ses genoux, hésite un instant à s'accroupir derrière la haie pour se planquer, elle entend que l'on sonne à la porte, reste figée en attendant que le perturbateur décampe, elle ne veut même pas savoir qui c'est. Au lieu de cela, des pas réguliers s'approchent de l'arrière de la maison, et elle voit sa mère pousser la barrière latérale et avancer sur la terrasse. Liliane sursaute en apercevant Marie dans le jardin, étonnée sans doute de découvrir sa fille dans la terre et de reconnaître la chemise à carreaux lilas. Marie se lève, s'approche de sa mère, l'embrasse froidement et n'a pas le temps de lui demander la raison de sa visite que Liliane, visiblement embarrassée par leur dernier échange, se met à remplir l'air de considérations inutiles sur le ton le plus léger qui soit, *j'allais chez Mireille et je me suis dit que je passerais bien te dire bonjour mais je ne reste pas longtemps car Mireille a besoin de moi, tu sais, pour cette jupe dont je t'avais parlé, en fait, l'ourlet n'est pas à la bonne hauteur et j'ai pris mon matériel pour l'aider, c'est quand même incroyable de ne pas savoir coudre, toutes les femmes devraient savoir coudre, oh ! c'est joli ces petites fleurs, et toi, ça va, tiens, tu sais que j'ai un problème avec ma vitro-céram, c'est de la merde cette marque, je le savais, mais ton père voulait à tout prix qu'on prenne celle-là, mais moi je l'avais bien senti, enfin bref, la sécurité se bloque tout le temps, les enfants sont à l'école je suppose, c'est bien ça, que tu profites un peu du jardin, j'ai toujours pensé que tu n'allais pas assez dehors, mais tu as meilleure mine, ça va mieux on dirait, c'est bien, il faut toujours se remettre un peu en mouvement, c'est important de ne pas se laisser aller, et Antoine au travail, ça va, tu ne me racontes jamais rien, je le disais encore à Mme Grignand, tu sais, à la boulangerie, je lui disais « ma fille ne me donne pas beaucoup de nouvelles, mais c'est comme ça que voulez-vous » et tu savais, toi, que sa fille, Marion, là, tu te rappelles Marion, n'est-ce pas, eh bien Marion est partie vivre en Angleterre avec son mari, ils ont des tonnes de soucis pour trouver un logement, il paraît que c'est si cher là-bas, enfin, je suis contente de te voir un peu au jardin, c'est bien, fais attention avec tes bagues, tu pourrais les perdre dans la terre, moi, je les retire toujours quand je jardine, dis, n'est-il pas temps d'aller chercher les enfants à l'école ?* Marie a l'impression de s'enfoncer dans l'herbe à mesure que Liliane déverse sa logorrhée et elle s'entend prétexter *ils avaient congé pédagogique aujourd'hui, ils sont tous les trois chez Yves et Marinou.* Pourquoi n'arrête-t-elle pas le déballage verbeux de sa mère ? Elle s'en tamponne de la jupe de Mireille et de sa cuisinière défectueuse. Ce qu'elle voudrait, elle, c'est parler vrai et profond, partager l'abîme, la peur, les découvertes, lui expliquer *Antoine m'a quittée, il est parti avec les enfants, je suis perdue, Maman, comment fait-on pour raviver l'amour ? Est-ce que c'est normal, tu crois, de vivre ce genre de choses ? Je vais mieux, c'est vrai, mais j'ai peur de ne pas y arriver, il y a trois enfants à préserver, et je ne sais pas ce que je dois faire, j'ai vu Philippe aussi, Papa lui a laissé un paquet pour moi, il ne m'a pas oubliée et il a honoré sa promesse, Maman, il y avait le microscope à l'intérieur, celui dont je rêvais, et surtout un Moleskine noir pour que j'écrive, que je lui écrive, Papa ne voulait pas que je renonce ni que j'oublie l'enfant que j'ai été et ça m'a bouleversée, Maman, si tu savais comme ça m'a bouleversée.* Au lieu de ça, Marie triture la terre comme si sa vie en dépendait, soulagée que sa mère gobe l'excuse du congé pédagogique sans sourciller. Mais pour l'empêcher de repartir de plus belle dans un nouvel épisode des potins du quartier, elle se relève d'un coup et lui demande avec beaucoup de tendresse dans la voix *et toi Maman, comment vas-tu ? Comment vas-tu, vraiment ?* Liliane fait une grimace fatiguée et répond en prenant le temps de prononcer chaque mot avec la légèreté inappropriée de ceux qui ont toujours préféré la fuite *oh tu sais, moi, je fais au jour le jour, une petite tâche après l'autre, et j'essaie d'oublier.* Marie s'approche doucement, observe sa mère avec cette affection ambivalente que l'on a pour ceux qui n'ont pas les moyens de faire autrement, et elle lui murmure doucement *Je voudrais juste que tu le pleures, Maman.* Liliane agite sa tête comme un paon qui reprend sa prestance après la défaite *mais je pleure, tu sais, je pleure dans mon lit, le soir, je n'aime pas qu'on me voie... je ne montre pas ces choses-là.* Et Liliane sourit avec tant de raideur que Marie se dit que ce sourire doit être une technique éprouvée pour que les muscles du visage bloquent instantanément les larmes promptes à jaillir. Liliane pince les lèvres, regarde autour d'elle *il est quand même beau, votre jardin, tu sais que tu peux venir chercher le matériel de Papa quand tu veux, n'est-ce pas, allez, je vais y aller, moi, Mireille doit se dire mais où traîne-t-elle encore ?*

Marie la raccompagne jusqu'au portail, promet d'embrasser les enfants de sa part et attend qu'elle monte dans sa voiture. Au moment d'ouvrir la portière, Liliane se retourne et regarde longuement sa fille en cherchant ses mots *Tu sais, avec Antoine et les enfants, vous formez une très belle famille, c'est important la famille, et je suis contente que tu t'en sortes mieux que moi.* Marie acquiesce, au bord des larmes, articule *merci, Maman*, agite sa main en guise d'au revoir. Elle referme la porte sur une évidence : jamais elle ne pourra faire revenir son père, jamais elle ne pourra réécrire l'histoire avec sa mère mais elle peut, dès aujourd'hui et chaque jour qui passera, essayer d'être, pour Tom, pour Jean et pour Léna, le parent rêvé qu'elle aurait tant voulu avoir.

Marie range le matériel de jardinage, vérifie que tout est à sa place dans la maison et prend la route pour rejoindre le village de ses beaux-parents à une heure de là. Ne plus attendre. Aller au-devant du délai. C'est aujourd'hui qu'il faut y aller. Il fait encore jour quand elle arrive, elle entend les cris des garçons qui s'amusent dans le jardin et sent la fumée d'un barbecue. La peur lui creuse le ventre, elle avance dans l'allée de pierre. Et Antoine est là. Installé sur les escaliers du porche, une bière à la main. Elle est émue de le voir. Mal à l'aise aussi. Il ne bronche pas. Il ne sourit pas. Elle monte trois marches, s'assied à ses côtés et lui pose la main sur la cuisse, espérant qu'il la saisisse. Mais il se contente de boire une gorgée à la bouteille avec détachement. Alors elle retire sa main, vexée de ne pas être chérie immédiatement et, pendant quelques instants, le silence remplit le vide entre eux. Et elle ne sait pas quoi en faire, de ce silence d'où mille pensées surgissent en même temps : des retrouvailles grandiloquentes n'ont plus de raison d'être quand on a traversé un tel abîme, c'est vrai, mais elle n'avait pas imaginé qu'Antoine serait aussi distant, elle le sent tellement tendu que la nervosité la grignote de l'intérieur. Peut-être s'attendait-il à ce qu'elle donne des nouvelles plus tôt, peut-être est-il content de la voir mais refuse de le lui montrer ? Et si cette séparation lui avait fait prendre conscience qu'il ne l'aimait plus ? Mon Dieu, peut-être qu'il ne l'aime plus et qu'il va le lui annoncer. Finalement, Antoine la regarde droit dans les yeux et lâche *j'ai eu Charles au téléphone*. Marie se pétrifie sur place et arrête de respirer. Putain, Charles. Elle ne l'a pas appelé. Putain. Quelle conne. Que doit-elle comprendre de cette phrase ? Antoine l'a prononcée avec tant de froideur qu'il n'y a aucun doute possible. *Il m'a raconté.* Marie n'a plus de salive, les images de ce baiser volé avec fougue l'assaillent, c'est con, c'est tellement con parce que ça ne veut rien dire pour elle, c'est arrivé, c'est tout, c'est un moment d'égarement, tout ne peut pas vaciller à cause d'une connerie pareille. *Je m'en doutais*, poursuit Antoine. Marie est incapable de parler. De toute façon, que dire, elle préfère garder la tête baissée en attendant que ça passe, de toute façon, tout est fichu, elle voit bien qu'Antoine est loin, qu'il ne veut plus d'elle, qu'elle va le perdre. *Je m'en doutais parce que j'ai surpris une conversation des secrétaires au boulot, elles parlaient du suicide de ton père, du fait qu'il avait tout perdu au jeu et j'ai cru que c'était des commérages. J'aurais dû t'en parler, j'ai été nul, Marie, je...* Il faut bien quelques minutes à son cerveau pour intégrer l'information, Charles n'a rien dit, Dieu merci, Antoine ne parle pas du baiser. Tout n'est pas perdu, alors. Ils vont peut-être réussir à démêler tout ça et s'en sortir. Et elle n'a pas le temps de réagir que Tom et Jean déboulent en tenue de foot en réclamant leur père. Dès qu'ils aperçoivent Marie, leur visage se transforme, ils hurlent de joie *Maman ! Maman !* et lui sautent dans les bras. Elle pleure de soulagement et les couvre de bisous, *oh que vous m'avez manqué mes chéris, oh que vous m'avez manqué* mais très vite, ils s'échappent comme deux anguilles pour raconter leurs aventures, *on est allés faire une promenade en forêt, Maman, et on a fait un feu*, dit Tom, et Jean ajoute *on a fait cuire des saucisses dans la forêt ! Mais allez*, l'interrompt Tom, *c'est moi qui racontais ! On a joué au foot avec Papy, et on l'a battu. Il veut prendre sa revanche.* Elle rit tendrement et les regarde faire une danse de la victoire, ils remuent des fesses et des hanches tout en repartant vers l'arrière du jardin. *Tu viens, Maman, tu viens ?* Marie croise le regard d'Antoine et lui souffle *ils te ressemblent tant.* Antoine sourit, être parents rapproche toujours un instant les couples qui s'éloignent, *ça a été avec eux*, demande Marie, *et Léna ?* Antoine se lève en se grattant les cheveux, il a l'air triste, si triste et il répond *ils ont besoin de toi, tu leur manques.* Marie est partagée. Doit-elle dire qu'ils lui ont manqué aussi et mentir un peu, elle ne sait pas, il y a des moments fragiles comme ça où le mot de trop risquerait de tout faire chavirer, alors elle affirme simplement *je suis là maintenant.* Ils contournent la maison pour rejoindre les enfants, Antoine pose sa main un instant dans le dos de Marie puis la retire, elle aurait aimé qu'il la laisse, elle aurait voulu qu'il la prenne dans ses bras, mais elle-même est incapable d'initier le geste, elle sait qu'ils parleront plus tard, que ce n'est ni l'endroit ni le moment, elle salue ses beaux-parents qui l'accueillent avec le sourire. Léna est allongée sur une couverture au milieu de ses jouets, elle s'agite en poussant des cris d'excitation, Marie la hisse contre elle et enfouit son nez dans son cou. Elle regarde Antoine, et elle sait qu'il pense la même chose. Les enfants sont la priorité de ce moment de retrouvailles. Les enfants. D'abord les enfants.

Mais la peur est souvent moteur de changement.
Finalement, il n'y a pas d'avant ni d'après.
Il n'y a que le chemin que l'on veut bien parcourir.

Les champs rayonnent d'un vert apaisant qui commence à tirer vers le jaune, et les maisons fleuries qui s'invitent dans le paysage se dessinent avec précision dans l'horizon. Marie court. Elle ne s'arrête plus pour marcher, elle est parvenue à trouver son souffle et elle se sent libre à chaque pas qui rebondit sur la route. Son corps a changé, et cette légèreté nouvelle qu'elle n'a plus ressentie depuis si longtemps est salvatrice. La campagne regorge de mille et un sons qu'elle n'avait jamais remarqués et qui accompagnent son effort, puis surtout, elle entend à nouveau son pouls ferme qui bat en-dedans, ni trop rapide ni trop lent, il a la régularité d'un métronome qui libère la musique. Chaque foulée est à l'image des semaines qui viennent de passer, ample, rapide et encore douloureuse. Mais elle dompte plus facilement la peine et l'apprivoise peu à peu depuis qu'ils sont rentrés tous les cinq à la maison. Elle s'est surprise à rire à nouveau de bon cœur ou à ne pas penser à son père pendant tout un après-midi. Se confier à Antoine a été une délivrance et, si elle n'a pas toutes les réponses, elle a pu au moins partager ses interrogations. Antoine lui a dit l'autre soir une phrase très juste *accepte ce portrait incomplet de ton père et nourris-toi surtout de ce qu'il t'a transmis.* Alors, elle s'efforce chaque jour de repousser la colère quand elle surgit, c'est sûr qu'elle aurait aimé qu'il soit encore là, c'est sûr qu'elle aurait aimé qu'il ne soit pas ce qu'il était vraiment, mais elle accueille les émotions une à une, elle les laisse exister et ne lutte plus. Et ça, c'est déjà une immense victoire. Elle a revu Charles dimanche dernier et elle a pu s'excuser, à voix basse, entre deux portes, en bafouillant qu'elle était perdue et que cela ne voulait rien dire. Il a posé une main sur son épaule en blaguant *tu sais bien que je ne sais pas résister aux jolies femmes qui se jettent dans mes bras. De quoi veux-tu que je t'excuse ?* Et la journée a suivi son cours comme si de rien n'était, elle a savouré une cigarette en regardant son mari et son meilleur ami jouer au foot avec les garçons. Elle pense aussi à Philippe, qu'elle a revu deux fois et qui tente d'être la mémoire de l'absent. C'est touchant d'entendre ces histoires qu'elle ignorait, chaque anecdote est un coup de pinceau supplémentaire sur le portrait inachevé de son père. Elle sent qu'elle emprunte le bon chemin pour, peut-être un jour, accepter. Et c'est étonnant, car après avoir ressenti une rage incontrôlable durant des mois, elle a l'impression depuis quelques jours d'entrer par instants en communion avec son père, à certains moments, elle croit même percevoir sa présence. Elle se rassure en songeant que la mort, tout comme la naissance, n'est qu'un autre passage et que l'on porte tant en soi ceux que l'on a aimés que l'on peut, si on y est sensible, croire que les âmes survivent aux corps, se prolongent dans un coquelicot qui s'agite au vent, dans un rêve dans lequel elles s'invitent ou dans le surgissement lumineux d'une phrase qu'elle note scrupuleusement dans son carnet. Certains soirs sont plus lourds que d'autres, elle retombe dans les pourquoi sans fin, dans la réalité du manque, elle lui en veut, alors, elle est amère de regrets et de colère, et ce n'est que quand un autre signe réapparaît, une chanson qu'il aimait que l'on entend à la radio, une silhouette dans laquelle elle croit le voir au loin dans une rue, un rire qui lui rappelle son rire à lui, qu'elle est capable de retrouver un peu d'apaisement. Elle lit beaucoup sur la mort et ses rites à travers le monde. Et étrangement cela lui fait du bien.

Marie accélère le rythme de sa course, elle essaie de repousser ses limites. Il n'y a que ça qui la rend vivante. Son corps se raffermit, elle est encore loin de l'image parfaite à laquelle elle aspire, mais le fait d'être en chemin est déjà une grande satisfaction. Ce soir est un grand soir pour elle. Elle espère qu'Antoine sera au rendez-vous. Elle ne sait pas s'ils ont dépassé la crise qui s'est nouée entre eux, elle voit qu'il essaie autant qu'elle, et qu'il a le même désir de poursuivre ce qu'ils ont construit. Ça ne marche pas à tous les coups, ils se sont d'ailleurs un peu disputés hier à propos de leur organisation familiale qui peine encore à trouver son rythme. Mais ce soir pourrait faire avancer les choses. Elle arrive à la maison et aperçoit Manon qui sort de sa voiture. Elle ne l'a pas encore rejointe qu'elle crie déjà :

— Trente-cinq minutes sans m'arrêter ! Ça t'en bouche un coin, pas vrai ?

— M'en parle pas, faut que je m'y remette aussi, c'est une catastrophe, soupire Manon en l'embrassant. Je suis en phase grosse vache.

— Oh, je suis sûre que ton chéri n'y voit pas d'inconvénient ! s'amuse Marie en se dirigeant vers la terrasse pour faire ses étirements.

— Pourquoi quand on est bien avec quelqu'un on se laisse aller comme ça ? J'te jure, une grosse vache, ma vieille, une grosse vache !

Elles rient de bon cœur. Manon s'installe devant la table de jardin et y dépose un tas de feuilles.

— Tiens, je t'ai ramené les documents qu'ils ont déposés dans ton casier hier.

— C'est bien ça, non seulement je profite de mon mi-temps, mais en plus j'ai un coursier les jours où je ne travaille pas. Fort. Très fort.

— Tu reprendras à temps plein à la rentrée ?

— Je ne sais pas. On verra. Je n'ai plus envie de me forcer à quoi que ce soit. Et j'avoue que c'est très agréable d'avoir deux jours pour soi. Je me sens mieux en classe, moins acculée…

— Et avec Antoine ?

Marie se redresse, jette un œil vers la cuisine pour vérifier que la fenêtre est fermée et s'assied près de son amie.

— Ça va. C'est pas encore ça mais on se donne du mal. J'en parle beaucoup chez la psy, elle propose qu'on aille peut-être aussi tous les deux consulter quelqu'un. Ça pourrait nous aider, selon elle.

— Et il en pense quoi, lui ?

— Il est d'accord. Mais il faut d'abord que je poursuive un peu mon travail seule. Je ne me sens pas prête, j'ai encore beaucoup de colère par moments, je ne parviens pas toujours à l'évacuer, je cherche le moyen…

— C'est déjà bien si vous vous donnez le temps. Et ta mère ?

— Ben dis donc, tu veux vraiment tout savoir ! Ma mère… Oh, nous n'avons pas de discussions très profondes, mais elle fait du mieux qu'elle peut… Et puis… faut faire avec la famille qu'on a, non ?

Marie regarde à nouveau par la fenêtre de la cuisine.

— Tu veux rester dîner ? Je dois te prévenir qu'on a promis aux garçons de terminer une partie de Risk avant qu'ils aillent dormir, donc si tu restes, faudra participer !

— Non, c'est gentil, dit Manon en prenant les clés de sa voiture, Dimitri m'attend, on va chez sa sœur qui est enceinte. Allez, bonne soirée ! Et merde, alors, pour ce soir, poursuit-elle avec un clin d'œil, je suis un peu jalouse de ne pas être la première, mais c'est un peu dans l'ordre des choses, je suppose…

— Je t'ai dit que tu aurais le tout dans ton casier à la première heure lundi matin ! Patience ! répond Marie avec malice.

Ils ont dîné dans le calme et la bonne humeur, Léna a bu son biberon et dort déjà. Le temps est au jeu, maintenant. Enfin, au jeu, songe Marie, le temps est plutôt aux chamailleries. Tom a voulu jouer sur la table à l'extérieur, Jean avait froid et s'est mis à râler, Marie ne sait pas si c'est l'âge, mais qu'est-ce que leurs disputes sont épuisantes ! Elle a vu Antoine soupirer trois fois avant de hausser le ton avec un peu trop de force, lui aussi est encore fragile et s'emporte vite, tous les événements ont laissé des traces encore palpables et parfois, ça décourage un peu Marie. Avec le soir qui tombe et la fraîcheur de ce début de soirée de juin, elle a fini par imposer à Tom qu'ils s'installent tous à la cuisine pour terminer la partie entamée la veille. Elle déteste les parties de Risk, mais Tom exige des jeux de grands et, pour couronner le tout, Antoine fait équipe avec les deux garçons.

— On a gagné ! On a gagné ! triomphe Tom en faisant claquer ses mains dans celles de son père et de son frère.

— Je hais les jeux de stratégie, je les hais ! rouspète faussement Marie.

— Maman, t'es une trop mauvaise perdante ! glousse Jean.

— C'est parce que la stratégie, c'est trop dur pour les filles ! ajoute Tom.

— Bah voyons ! Une stratégie à trois contre un, vous trouvez ça juste, vous ? Attendez que Léna ait l'âge de jouer avec moi. Vous allez voir l'équipe qu'on va faire ! On va vous ratatiner !

— Allez, les gars, au lit ! dit Antoine en se levant de sa chaise. On range !

— Oh ! Déjà ? Mais c'est samedi ! se plaignent en chœur les enfants.

— Oui, déjà. Il est temps. Faites un bisou à Maman et on monte.

— OK, mais tu viendras quand même nous faire un « bisou bonne nuit », Maman ? s'enquiert Jean.

Marie lui sourit en guise de réponse. Elle prend une chemise en carton dans son sac et va dans la cuisine. Elle débouche une bouteille de vin et remplit deux verres. Elle pose le tout sur la table basse du salon et s'apprête à monter. Mais sur la première marche, elle s'interrompt, fait demi-tour, se rend dans le hall d'entrée et descend à la cave. Ça fait trois fois qu'elle veut faire ça et qu'elle oublie. Elle remonte, éteint la lumière et se dirige vers l'étage. Elle entre dans la chambre de Jean, déjà si grand dans son lit. Il parle avec son doudou sous la couverture.

— Voilà Maman, Doudou ! Cache-toi, cache-toi !

— M'enfin, Doudou ! Que se passe-t-il ? Pourquoi te caches-tu ?

— Il a fait une grosse bêtise, dit Jean d'un ton d'instituteur.

— Ah bon ?

— Il est plein de chocolat, dit Jean en tendant son lapin vers sa mère. Je lui avais dit qu'il pouvait pas manger de chocolat dans ma chambre, mais il a tout caché sous mon oreiller, et avec le soleil aujourd'hui, y a tout qui a fondu.

Le drap est sali par les quelques biscuits au chocolat qui se sont ramollis, et Jean la regarde avec inquiétude.

— Et que vas-tu faire, alors, mon chéri ? C'est ton doudou. Donc c'est toi qui en es responsable…

— Puisqu'il a osé me le dire, je vais pas le gronder. Il le refera plus, il avait pas pensé au soleil, mais je crois qu'il faut changer les draps et je sais pas comment on fait.

— Allez, viens, je vais t'aider.

Ils changent le lit ensemble, et Jean se glisse dans les draps propres.

— Bonne nuit, mon canaillou.

— Bonne nuit, Mamounette. Maman ? Tu crois que Papyja, il nous regarde ? Parce que Hugo, à l'école, il m'a dit que le paradis, c'était pas vrai que ça existe. Toi, tu crois que ça existe ?

Marie le regarde, attendrie, et se rassied près de lui.

— Je ne sais pas si ça existe, mon chéri. Personne ne sait. Mais je crois que tout l'amour qu'il avait pour toi est dans ton cœur et que chaque fois qu'il te manque tu peux aller te nourrir de cet amour.

Elle se redresse, lui envoie des petits baisers, puis se dirige vers la chambre de Tom. Il est installé dans son lit, un grand livre de découverte sur les genoux.

— Tu peux lire encore dix minutes et puis dodo, OK ? dit-elle en lui caressant les cheveux et en l'embrassant.

— Regarde, Maman, ils disent ici que le bébé de la mouche s'appelle l'asticot. Et la mouche, elle a des poils sur ses pattes pour sentir. Mais ils sont tellement petits qu'on ne les voit pas.

— Si tu veux, mon cœur, demain, on essaiera d'attraper une mouche. Et on la regardera de plus près. Bonne nuit, petit chat.

— Comment est-ce qu'on la regardera de plus près, Maman ?

— Surprise, surprise, tu verras !

Tom la serre dans ses bras puis replonge dans son livre. Marie entre doucement dans la chambre de Léna, elle ramasse les quelques vêtements qui traînent sur la table à langer et s'approche du lit. La petite respire calmement, Marie lui caresse délicatement les cheveux et la joue, puis regarde autour d'elle. Elle sort de sa poche la matriochka de son père et la dépose sur l'étagère. Hésite. Puis, lentement, elle ouvre la grande poupée en bois, en sort chaque double plus petit jusqu'au bébé insécable et les dispose sur la première planche. Elle éteint la veilleuse de Léna, rejoint le palier et, au moment de fermer la porte, s'offre le plaisir de survoler la pièce des yeux une dernière fois. Le chaos a laissé la place à la vie.

Antoine a enlevé ses chaussures et l'attend dans le canapé avec un des deux verres de vin. Marie s'installe en face de lui et saisit la grande chemise brune. Elle en extirpe un tas de feuilles.

— T'es prêt ?

— Ça fait des années que je ne t'attends que ça !

— Oui, mais tu es sûr que c'est mieux si c'est moi qui lis ?

— Oui, vas-y !

— Parce que c'est peut-être mieux que tu lises toi-même…

— Vas-y, j'te dis !

— Oui, mais si jamais tu n'aimes pas, tu m'arrêtes, hein ?

— Mais vas-y !

— Bon, j'y vais.

Alors, elle regardera Antoine avec une lueur de défi et s'installera confortablement. Elle placera les feuilles devant elle et lira à voix haute *J'ai toujours aimé observer l'horizon. Les étendues de terre qui permettent de voir très loin. Ça me rassure, je crois. Et pourtant, c'est dans cette immensité que je me suis souvent perdue. Plus les espaces sont grands et plus ils offrent des possibilités. Je crois que c'est ça aussi qui m'angoisse parfois. Avoir devant soi un espace des possibles trop vaste fait peur. Mais la peur est souvent moteur de changement. Finalement, il n'y a pas d'avant ni d'après. Il n'y a que le chemin que l'on veut bien parcourir.* Marie poursuivra sa lecture dans la lumière adoucie du soleil qui transperce les arbres et libère peu à peu le bleu ronronnant de la nuit. Parfois, elle s'arrêtera quelques secondes pour guetter la réaction d'Antoine, boire une gorgée de vin, ou tout simplement ressentir la joie troublante qui l'inonde, celle de prononcer des mots qui sont les siens, d'en entendre l'orchestration enfin réelle, et de savourer la sensation apaisante qui se tient immobile au plus profond d'elle-même, la sensation immédiate et vibrante de la grâce et de la transfiguration. Sa transfiguration.

Cet ouvrage a été composé et mis en page
par FACOMPO, LISIEUX

Imprimé en France par CPI
en janvier 2023
N° d'impression : 3051085

Pocket – 92 avenue de France, 75013 PARIS

S31634/01